약한 사람들이 할 일은
기억과 연대, 그리고 말하기다.

말끝이 당신이다

말
말끝
말끝이
말끝이 당
말끝이 당신
말끝이 당신이
말끝이 당신이다
말끝이 당신이
말끝이 당신
말끝이 당
말끝이
말끝
말

주변을 보듬고
세상과 연대하는 말하기의
힘

김진해 지음

한겨레출판

차례

2부 말의 품격

3부 말의 경계

4부 기억과 연대, 그리고 말하기

물수제비

태백

太白. 크게 흰(밝은) 곳. 하지만 반도에서 가장 검은 곳. 땅도 검고 개울도 검고 바람도 검고 사람도 검다. 내린 눈은 질퍽질퍽 금세 검어지고 빨랫줄에 널어놓은 하얀 기저귀도 이내 검어지고 뽀얗게 씻고 나간 얼굴도 해질녘이면 주름 잡힌 곳마다 검은 탄가루가 박히고 코를 풀어도 검은 가루가 함께 묻어나오는 탄광촌. 희면서 검고, 검으면서 흰. 강아지도 만원짜리 지폐를 물고 다닐 정도로 흥청망청했지만 항상 죽음의 검은 그림자가 골목을 활보하는 곳. 시간도 아이러니한데, 예전에는 검은 도시였지만 지금은 한없이 맑고 청정한 산소도시. 나의 유보적이고 불안한 징후는 아무래도 고향 때문이다. 안에 있으면서 밖을 기웃거리고 밖에 나가서는 안을 그리워하는, 이도 저도 아닌, 이것이기도 하고 저것이기도 한.

물수제비

물낯을 퉁,퉁 퉁겨 오르지만 결국 물속으로 가라앉는다. 기껏해야 대여섯 차례 물위를 빗겨 오르는 것만으로도 환호하고 행복해하는. 곤두박질칠 운명을 번연히 알면서도 가슴 졸이는 아이. 날개 없이 하는 날갯짓. 욕심부려도 가라앉고 무심해도 가라앉는, 오직 점.점.점으로만 나타났다 사라지는 존재. 물수제비는 나의 고향을, 나의 글을, 나를 닮았다.

원고지 4장, 800자 이내,
제목은 7자 이내, 주제는 말과 글

　이 책은 〈한겨레〉에 '말글살이'라는 이름으로 매주 쓴 칼럼에서 가려뽑은 것이다. 글을 쓰기 위한 조건은 아주 고약했다. '이름과 소속 포함 원고지 넉 장, 800자 이내(제목 제외). 제목은 7자 이내. 말과 글이라는 주제를 벗어나서는 안 됨.' 글을 시작할라치면 끝을 맺어야 하는 길이였다. 권투를 1분 1회전만 하고, 축구를 전후반 없이 3분만 하는 격. 다리를 펼 수도, 팔을 뻗을 수도 없고, 고개를 들 수도 없이 웅크려야만 하는 쪽방. 할 말은 많은데 공간이 좁아 숨이 찼다. 글쓰기인지 글 지우기인지 헷갈릴 정도. 짧지만 매주 따박따박 써야 한다는 게 절묘한 형벌 같았다. 2년 몇 개월을 이 형식 안에서 살았다.

　처음에는 한 주 내내 뭘 쓸지를 고민하며 책꽂이를 뒤집어놓고 책상 위를 도서관에서 빌린 책으로 탑을 쌓았다. 마치 매주 논문 한 편씩 쓰는 느낌이었다. 잔뜩 힘이 들어갔다. 한 편을 쓰고 나면 근육경련처럼 하루이틀은 녹초가 되었다. 입맛이 떨어지기도 하고 느닷없이 입맛이 당겼다. 누구를 만나도 마음 한편엔 항상 '뭘 쓸꼬?'라는, (화두가 아닌) 걱정근심이 솟구쳤다.

지금은? 지금도 똑같다. 그런데도 마라톤 선수들에게 분다는 두 번째 바람(세컨드 윈드, second wind)처럼 안정감을 찾았다. 달리는 속도나 행동, 주변 환경은 변함이 없다. 일 년쯤이 지나서야 겨우 습관이 몸에 배고 경쾌함을 익혔다. 주중 내내 뭔가를 생각하다가 금요일부터 예민덩어리로 변신하여 노동시간 대비 유래를 찾아볼 수 없을 정도로 낮은 생산성(꼴랑 800자)을 뽐내며 토요일과 일요일을 보낸다. 바뀐 것은 온 우주가 '그러려니' 하며 돌아가게 되었다는 것. 일요일은 씻지도 말고 칼럼만 쓰는 날!

반복에서 오는 행복이 있다. 형식이 선물하는 자유가 있다. 형식이야말로 내용을 규정한다. 생각해보라. 말에 대한 글이 1,000자가 넘는다면? 지루하고 지쳐서 다 읽지 않을 게 뻔하다. 600자면? 페북에서 자기연민이나 자랑질놀이하는 길이밖에 안 된다. 사람과 동식물이 가장 살기 좋은 고도가 해발 700미터라면, 말을 주제로 삼는 글의 가장 쾌적한 길이는 800자이다(믿거나 말거나). 이 짧은 분량은 이제 나에게 가장 자유롭고 편한 공간이 되었다.

말을 다루면서도 말 자체를 다루지 않았다. 어떤 말이 바르고, 예쁘고, 더 한국어다운지도 다루지 않았다. 도리어 그런 눈으로 말을 바라보는 태도를 문제 삼았다. 말에 박혀있는 사회적 무의식과 질서가 무엇인지 그 무의식의 질서를 만드는 의식을 보려고 했다. 말에 속박되지 않고 말에서 풀려나고, 말 때문에 자유로워지길 바랐다. 말이 사람을 어떻게 차별하고 위로하는지, 언제 세계를 비추고 반대로 언제 세계를 바꾸려고 꿈틀거리는지를 보려고 했다. 말은 권력의 노리개이기도 하고 권력의 목을 겨누는 칼이기도 하다. 말은 사람을 때려눕히기도 하지만 쓰러진 사람을 깨워 일으키기도 한다. 말은 사회질서를 주입하는 주유소이기도 하지만, 자유와 위로와 해방의 영토이자 깨달음과 반격의 분수대이기도 하다. 말은 사람과 함께 격동한다. 그래서 말은 시가 되기도 하고 욕이 되기도 한다.

각각의 글을 쓸 때마다 나는 두 개의 파일을 만들었다. 하나는 여러분이 읽게 될 800자 분량의 글을 저장한 파일이고, 다른 하나는 그 파일명 뒤에 '○○○_찌꺼기'라고 쓴 파일이다. 이 '찌꺼기' 파일에는 지운 문장들, 말이 되지 않는 문장들, 훔치고 베낀 말들, 진부하다는 말도 과분한 생각의 파편들, 잉여들, 오물들이다. A4 용지 두세 장 가득 내깔려있다. 순서를 따진다면, 이 찌꺼기들이 글의 기원이고 뿌리이다. 그 찌꺼기들을 보면서 신문에 미끈하게 인쇄된 글에 숨어있는 나의 뒷면을 본다. 사람들은 인쇄되고 공개된 글로 나를 볼 테지만, 나의 진면목 또는 진실은 이 '찌꺼기' 파일에 더 가까이 있을 것이다. 글쓰기는 이런 어긋남과 분열을 견뎌내고 받아들이고 기어코 옹호하는 일이다.

책의 내용에 동의하지 못하는 부분이 많을수록 이 책은 성공이다. 책을 집어던질 정도가 된다면 대성공이다. 말에 대한 당신의 고루한 생각에 균열이 갔을 테니까. 우리 사회는 말에 대한 사유가 매우 협소하다. 문법과 맞춤법을 벗어나지 않는다. 어떤 것이 맞는지를 따지는 정도. '맞냐, 틀리냐'는 사유가 아니다. 이견과 논쟁이 있을 수 없기 때문이다. 답 맞추기를 사유하기라 할 수 없다. 저 앞에 쓴 '날갯짓'이 '날개짓'이라고 써야 하는 게 아닌지 궁금해하는 건 사유가 아니다. 타인이 정해놓은 법일 뿐이다. 사유하기는 질문하기다. 말이 이 세계와 깊이 연루되어 있고 우리의 생각을 암암리에

14 　　　　　　　　　　　　　　　　　말끝이 당신이다

조종한다면, 한 번 정도 시간을 내어 말을 들여다보는 것도 영 쓸모없는 일은 아닐 것이다.

글을 읽다 보면 여백이나 비약이 많을 것이다. 물수제비처럼 튕기듯 도약하고 굴절하는 곳이 허다할 것이다. 큰 낙차에서 오는 짜릿함(!)과 예측 불허에서 오는 재미를 맛 보셨으면 좋겠다. 그 텅 빈 사이공간을 당신의 예리한 논리와 상상력으로 채워주길 바란다.

이 책의 편집자 김단희 님은 글의 여백을 친절하게 채우자고 했다가 나중엔 그대로 두자고 했다. 가필을 하게 되면 애초의 글맛이 사라진다는 걸 알게 되었을뿐더러 글쓴이를 보자마자 단박에 '게으름뱅이'임을 눈치챘던 것 같다. 새로 글을 써달라고 했다가는 책을 못 내게 될 것임을 직감한 듯싶다. 지나치게 시의성이 강하거나 얼토당토않은 곳만 찾아 깁고 다듬었다.

나는 하나의 관점을 갖고 있지 않다. 하나의 관점을 갖고 있지 않아서 매주 글을 쓸 수 있었다. 하나의 관점만 갖고 있다면 한 편의 글만 쓰면 된다. 혹여 이 책을 읽고 글쓴이가 어떤 사람일 것이라고 예측되는 바가 있다면 오산이다. 그 사람은 이미 사라졌고, 생각은 진작에 바뀌었다. 그러니 글쓴이를 찾지 말고, 여러분 스스로 말과 글을 둘러싼 이 세계를 독창적으로 해석하고 의미를 부여하고 새로운 언어를 탄생시키시길 빈다.

눈물겹도록 고마운 분들이 많지만, 이 책이 '짧게 짧게!'를 외치고 있어 모두 덜어내니 용서해주시길 빈다. 다행히 나와 깊은 인연을 맺어온 분들은 하나같이 품이 넓어 책에 본인

이름이 안 나왔다고 성을 내는 분들이 아니다. 거리와 시기를 불문하고 묵묵히 지켜봐주는 분들이다. 두루두루 고맙습니다. 그래도 이 책에서만큼은 꼭 밝혀야 하는 이름이 있다. 매주 첫 번째 독자가 되어 거친 글을 사전 검열해준 아내 미파 님에게 고마움을 전한다.

2021. 7.
북한산 수유리 인수봉숲길마을에서
김진해

말끝이 당신이다

1부 말의 심장

당신에겐 어떤 문장이 있는가?
당신에게 쌓여있는 문장이 곧 당신이다.

말끝이 당신이다

문 뒤에 숨은 먼지를 쓸어 담지 않았다면 청소를 제대로 한 게 아니다. 열심히 설거지를 했어도 접시에 고춧가루가 하나 붙어있으면 말짱 도루묵이듯이.

청소의 성패가 마지막 먼지에 달려있다면, 말의 성패는 말끝에 달려있다. 조사나 어미처럼 말끝에 붙어 다른 단어들을 도와주는 것들은 말하는 사람이 어떤 사람인지 알려준다. 특히 어미를 어떻게 쓰는지 보면 그 사람의 마음 상태, 성격, 타인과의 관계, 지위가 드러난다.

당신이 어제오늘 보낸 문자나 채팅 앱을 다시 열어 살펴보라. 용건은 빼고 말끝을 어떻게 맺고 있는지 보라. 친한지 안 친한지, 기쁜지 슬픈지, 자신감 넘치는지 머뭇거리는지, 윗사람인지 아랫사람인지 다 드러난다.

친할수록 어미를 일그러뜨려 쓰거나 콧소리를 집어넣고 사투리를 얹어놓는다. '아웅, 졸령' '언제 가남!' '점심 모 먹을 껴?' '행님아, 시방 한잔하고 있습니다' '워메, 벌써 시작혀부렷냐'. 친하지 않으면 '-습니다'를 붙인다. 학생들과 친구처럼 지내봤자, 결석을 통보할 때는 '이러이러한 사유로 결석하게 되었습니다' 하는 식으로 메일을 보낸다. 용기가 흘러넘치던 학생한테서 받은 '죄송한데 사유는 비밀이고 오늘 수업 결석하겠습니다'가 친밀함의 최대치였다. '패랭이꽃도 예쁘게 피고 하늘도 맑아 오늘 결석하려구요!'라는 메일을 받는 게 평생소원이다.

세월이 지나면 말끝이 닳아 없어지기도 한다.

'어디?'

'회사'

'언제 귀가?'

'두 시간 뒤'.

말끝이 당신이다.

'짝퉁 시인' 되기

우리는 언어가 쳐놓은 거미줄에 걸린 나방이다. 태어나자마자 따라야 할 말의 규칙들이 내 몸에 새겨진다. 여기서 빠져나오려면 언어의 찐득거리는 점성을 묽게 만들어야 한다. 시는 우리를 꼼짝달싹 못 하게 옭아맨 기성 언어를 교란하여 새로운 상징 세계로 날아가게 하는 로켓이다. 거기에는 새로운 언어, 새로운 세상에 대한 그리움이 담긴다. 하여 진부한 기성 언어에 싫증이 난다면 '짝퉁' 시인이 되어보자.

머리에 떠오르는 대로 명사와 동사를 다섯 개씩 써보라. 이를테면 '바람, 하늘, 망치, 구두, 숟가락' '두드리다, 먹다, 자르다, 깎다, 뛰다'. 이들을 맘대로 섞어 문장을 만들자. '바람이 하늘을 두드린다' '구두가 망치를 먹었다' '숟가락이 바람을 잘랐다' 같은. 그러다 보면 근사한 문장 하나가 튀어 오른다. 그걸 입안에서 오물거리다가 옆 사람한테 내뱉어보자. "저기 바람이 하늘을 두드리는 게 보이나요?" 그러고는 한 번 씨익 웃으면 끝이다.

시인은 문법과 비문법의 경계 위에서 줄타기하는 광대다. 문법에 얽매이면 탈주의 해방감을 영영 모르며, 비문법에만 탐닉하면 무의미의 나락으로 곤두박질친다. 문법과 비문법, 질서와 무질서, 체계와 비체계 사이에 서는 일은 언어의 가능성을 넓힐뿐더러 세계의 변화 가능성을 도모하는 수련법이다. 이렇게 자신을 말랑말랑하게 만들고 유연한 자세로 세상을 다르게 보는 사람이 늘어날수록, 세상은 새롭고 싱싱한 언어들로 채워질 것이다. 얕은 수법이지만, 반복할 수만 있다면, 누가 알겠는가. 당신 안에서 시인이 걸어 나올지.

타인을 중심에

나는 야구에서 좌익수가 누군지 늘 헷갈린다. 외야 중앙에 앉은 관중을 기준으로 왼쪽인지 포수를 기준으로 왼쪽인지 모르겠다. '여기, 저기, 지금, 나중'처럼 장소나 시간 표현은 말하는 사람을 중심으로 정해진다. 포수 쪽에서 외야를 보며 중계를 하니 포수 기준으로 왼쪽이 좌익수인 게 맞나 보다.

그런데 자신이 아닌 타인을 중심에 놓는 경우가 있다. 병사와 마주 선 장교는 병사들을 자신의 왼쪽으로 가게 하려면 '우향우'라고 해야 한다. 내 기준대로 '좌향좌'라고 하면 병사들은 오른쪽으로 가게 된다.

어느 정도 규칙으로 굳은 경우도 있다. 손윗사람이 어린 사람에게 자신을 지칭할 때 어떻게 하는지 떠올려보라. 아빠가 아들한테 이렇게 말한다. "아빠는 라면을 먹을 테니, 너는 참아라." 할아버지가 손주에게 "할아버지 어깨 좀 주물러주렴." 아줌마가 길 잃은 꼬마에게 "아줌마가 집에 데려다줄게." 뭐가 이상하냐고 할지 모르겠지만, 영어를 비롯한 유럽어와 비교하면 알 수 있다. 영어로는 말하는 사람 자신을 모두 1인칭 대명사 '나(I)'로 칭한다. 상대와 어떤 관계인지 상관없이 말하는 이와 듣는 이라는 건조하고 추상적인 역할만 표시한다. 반면, 한국어는 자신과 타인의 관계를 확인하되, 타인을 중심으로 자신을 호명한다.

어린 사람도 상대방을 '너/당신(You)'으로 표현하지 않는다. 아무리 반항기 다분한 사춘기라 해도 아빠한테 "당신만 먹고 나는 먹지 말라고?"라고 한다면, 그날은 좀 늦게 자게 될 것이다. "아빠만 먹고 나는 먹지 말라고?"라고 하면 반 그릇을 덜어줄 수밖에.

질문 안 할 책임

몇 해 전 김영민 교수가 쓴 〈추석이란 무엇인가〉라는 칼럼은 젊은이들에게 한 줄기 빛이었다. 친척이 자신의 근황에 대해 물으면 '당숙이란 무엇인가' '추석이란 무엇인가' '결혼이란 무엇인가'와 같이 상대의 허를 찌르는 질문으로 맞받아치라는 글이었다. 풍문에 따르면, 몇몇 젊은이들이 진짜로 진격의 맞받아치기를 감행했다고 한다. 예상대로 모두 장렬히 패퇴했으며 친척들은 명절 때 다시는 안 모이기로 했다고한다. 잠깐의 통쾌함에 비해 손실이 컸다.

차라리 아예 질문을 하지 않으면 어떨까. 물론 어려운 일이다. 나이 들수록 말이 많아진다. 듣는 사람도 없는데 혼잣말하는 숱한 어른을 보라.

말하기는 권력이다. 말을 가장 많이 하는 사람이 권력자다. 주인과 노예, 위와 아래, 지배자와 피지배자로 강하게 분리되어 있을수록 더 심하다. 권력자의 말하기는 겉으론 아닌 척해도 결국 명령이다. 출근할 때 신고 온 운동화를 본 상사가 "운동화가 편한가요?"라고 물으면, 직원은 다음날 구두로 갈아 신을 것이다. 에둘러 말하는 간접화법으로 명령하는 것이다. 집도 마찬가지다. "결혼 언제 할래?"라는 질문은 결혼하라는 명령이고 "취직은 했어?"는 취직하라는 명령이다.

그래서 어른은 질문을 자제할 책임이 있다. 질문하지 말고 감탄하라. "하늘이 높구나." "그새 풀이 많이 자랐네." "의젓해졌구나." 미래를 묻지 말고 과거를 얘기하라. "할아버지는 이런 분이셨다." "여기가 엄마가 다닌 학교란다." 소소한 얘기를 하라. "이렇게 하면 밤이 모양 나게 잘 깎여." "전을 망가뜨리지 않고 뒤집는 방법을 알려주마."

질문은 젊은이들의 몫이다.

말끝이 당신이다

'짝퉁 철학자' 되기

당신에겐 어떤 문장이 있는가? 당신에게 쌓여있는 문장이 곧 당신이다. 당신을 사로잡던 말, 당신을 설레게 하고 가슴 뛰게 한 말, 내내 오래도록 저리게 남아있는 말이 당신을 만들었다.

'집은 사람이 기둥인데, 사람이 없으니…' 할머니는 기울어진 가세를 낡은 기둥에서 눈치챘다. 철학은 말을 음미하고 곱씹고 색다르게 보는 데서 시작한다. 어느 학생은 '오른쪽'이란 말을 '북쪽을 향했을 때의 동쪽과 같은 쪽'이라는 사전 뜻풀이가 아닌, '타인과 함께 있기 위해 내가 있어야 할 곳'이라는 매력적인 뜻으로 바꾸었다. 그는 어릴 적부터 오른쪽 귀를 앓아 늘 다른 사람의 오른쪽에 있었다. 그래야 왼쪽 귀로 들을 수 있으니까. 몸의 철학이다. '흙먼지 속에 피어있는 것이 기특해서 코스모스를 좋아한다'는 엄마의 말을 기억하는 사람이 어떤 사람일지 쉽게 상상할 수 있다.

말 한마디의 철학. 단어 하나, 문장 하나에서 건져 올린 삶의 이치. 고유어도 좋고, 한자어도 좋다. 주워들은 말이면 어떻고 책에서 길어 올린 말이면 어떤가. 매일 쓰는 말을 재음미해보라. 그런 말에 다른 뜻을 덧입혀 다시 말해보자. 휴대전화를 꺼내 사전 찾기 놀이를 해보라. 예를 들어 '우듬지' '간발(의 차이)' '소인(消印)' '며느리밑씻개' '미망인'. 그러다 보면 몰랐던 뜻이 툭 솟아올라 놀라기도 하고, 말이 이 세계의 부조리를 어떻게 증언하고 있는지 알고 가슴을 치기도 할 것이다.

우리 각자가 말의 주인이 되어 삶의 철학을 늘 탐구할 때라야 막말, 선동, 혐오발언이 난무하는 정치 언어에 놀아나지 않게 된다.

애정하다

말은 늘 변한다. 흥미롭게도 변화의 동력은 내부가 아니라 외부에 있다. 내용에 있지 않고 형식에 있다. 형식이 마련돼야 내용이 꿈틀거린다. 말도 그 자체로 변하기보다는 새로운 환경에 놓일 때 변한다. 이 새로운 환경이 말의 의미를 바꾸는 동력이 된다.

동작이나 상태의 뜻이 있는 명사에 '하다'를 붙이면 동사가 된다. '공부하다' '걱정하다' '하품하다'에 붙은 '공부, 걱정, 하품'을 보면 말 속에 움직임이나 상태의 의미가 느껴진다. 이런 경우 '하다'는 명사의 동작이나 상태를 곁에서 도와주는 기능을 한다. '나무'라는 말에서는 어떤 동작이나 상태의 의미를 찾기는 어렵다. 그저 사물일 뿐이다. 그런데 '하다'가 붙자마자 '나무를 베거나 주워 모으는 행동'의 뜻을 갖게 된다. 그렇다면 '명사'가 '하다'와 함께 쓰인다는 환경 자체가 원래 없던 동작과 상태의 뜻을 갖게 하는 조건이 된다.

'애정하다'라는 말은 낯설다. 비슷한 뜻의 '사랑하다' '좋아하다'가 있는데도 새로 자주 쓰인다. '애정'에는 동작의 뜻이 없었다. '하다'와 붙여 쓰다 보니 없던 동작성이 생겼다. 시간이 흐르면 자연스러워질 것이다. 몇 해 전에 공격한다는 뜻으로 유행했던 '방법하다'도 비슷하다. 반복적으로 많이 쓰이면 시민권을 얻는다. 어제는 틀린 말이 오늘은 맞는 말이 된다. '축구하다, 야구하다, 수영하다'는 자연스러운데 '탁구하다, 골프하다'는 살짝 어색하다.

어쩌면 낯익음과 낯섦의 간극은 어떤 인과의 논리 때문에 생기는 것이 아니라 그저 얼마나 자주 만나고 보고 쓰느냐에 달려있는지도 모른다.

말끝이 당신이다

뒷담화

일종의 중독증이자 '인간적' 성향. 끊기 쉽지 않다. 우리는 말을 통한 협력을 좋아하기 때문에 뒷담화를 즐긴다. 눈치 보지 않고 누군가를 통쾌하게 '씹을' 수 있다면 기쁘지 아니한가. 십중팔구 선행보다 악행을 '씹게' 되는데 유익한 면이 없지 않다.

뒷담화는 주로 자리에 없는 사람이 행한 각종 나쁜 짓을 다룸으로써, 집단의 윤리적 기준을 재확인할 수 있다. 무릇 평범한 사람들은 이기심, 무례함, 비열함, 뻔뻔함, 폭력성, 부패를 반대한다. 뒷담화는 이런 기준을 어긴 사람에 대해 말로 내리는 징계다. 뒷담화를 까는 동안, 우리는 누구보다도 '윤리적 존재'로 승화된다. '나 아직 개만큼은 안 썩었어!' 남을 씹으며 거룩해지는 것이다.

유명인에 대한 뒷담화야 '수다' 차원에서 끝나지만, 눈에 보이는 사람에 대한 뒷담화는 다르다. 관계를 규정하고 재구성하는 직접성이 있다. 게다가 말하는 이가 연루된 얘기라면 더욱 열을 올리게 된다. 자리에 없는 사람에 대해서는 평가를, 자신에 대해서는 변호를 해야 한다. 1인 2역은 뭐든 바쁘다. 하지만 총알이 당사자를 맞추지 못하니 본인이 내상을 입기 십상.

'당사자 부재'라는 상황은 뒷담화의 결과를 예상하기 어렵게 만든다. 부풀었다가 이내 터지는 풍선껌처럼 자리에서 일어나면 사라지는 걸로 보이지만, 자기 확신이 강화되고 분심만 쌓일 뿐이다. 사람을 소외시키는 배제의 기제로 작동하기도 한다. 부조리가 심한 곳에서는 약자 사이의 위안과 유대감을 확인하는 통로이자, 악행을 공론화하는 계기가 될 수도 있다.

성숙한 인간 되기는 이 피할 수 없는 '뒷담화'를 어떻게 다루는가에 달려있다.

말끝이 당신이다

인기척

‘인기척’. 사람이 있음을 알게 하는 소리나 기색. ‘기척’만으로도 충분하지만 사람 소리임을 강조하려고 ‘사람 인’ 자를 덧붙였다. ‘인적’이란 말에 ‘기운’의 뜻을 붙인 ‘인적기(人跡氣)’라는 말이 있지만 쓰는 사람이 드물다. ‘인적’이 발자국이든 온기든 과거의 흔적을 더듬는 것이라면 ‘인기척’은 현재의 어렴풋한 기운을 예민하게 감각하는 일이다.

‘분위기 파악’과 비슷하게 낌새를 알아차리는 건 연습이 필요하다. 같은 상황에서도 모두가 인기척을 느끼는 건 아니다. 정신없이 바쁘게 사는 사람은 다른 사람이 코앞에 나타나도 고개를 쳐들지 않는다. 그런 사람일수록 뒤늦게 기척을 느끼고 소스라치게 놀라는 일이 잦다.

발소리를 내면 ‘발기척’, 숨소리를 내면 ‘숨기척’, 문을 두드리거나 문밖에서 이름을 부르면 ‘문기척’을 낸다고 한다. 북한에서 ‘노크’는 ‘손기척’이다. 남도에서는 문기척이 날 때 문밖으로 얼굴을 내비치는 걸 ‘비깜하다’ ‘비끔하다’라고 한다.

‘나, 여기 있소!’ 누구든 살아있다는 건 말 그대로 ‘있는’ 것이지만, 때로는 ‘있음’ 자체를 알리는 신호가 필요할 때가 있다. 사람은 괴물과 천사가 한 몸뚱이에 엉켜있어 두려움의 대상이기도, 반가움의 대상이기도 하다. 모든 것과 단절되고 고립된 사람에게 인기척은 숙인 고개를 들게 하고 처진 다리에 힘을 넣어준다. 그럴 때 인기척은 신호의 차원을 넘어, 진정한 인간성을 추구하는 일이자 새로운 관계 맺음을 향한 은유다. 80년 5월 새벽의 광주, 서슬 퍼런 어둠 속에서 인기척을 그리워하던 사람들을 거듭 기억한다. 나는 누구에게 인기척인가.

말하기의 순서

냉면이 먹고 싶을 때 "냉면 먹자"라고 말할 수 있으면 좋으련만, 세상살이 쉽지 않아 그 말 꺼내기가 조심스럽다. 그렇다고 "뭐 먹을래?"라고 하면 메뉴 결정을 상대방에게 모두 맡기는 거라 마뜩하지 않다. 타협책으로 두 개 정도의 후보를 말하되 내가 먹고 싶은 음식을 슬쩍 집어넣는다. 이럴 때 내가 원하는 음식을 먼저 말하는 게 나을까 나중에 말하는 게 나을까?

말실수도 그렇지만, 말하기의 순서에서도 무의식이 드러난다. 심리학에서는 맨 먼저 들은 말을 더 오래 기억한다는 의견(초두 효과)과 제일 늦게 들은 말을 더 오래 기억한다는 의견(최신 효과)이 팽팽하게 갈린다. 면접이나 발표를 할 때도 맨 먼저 하는 게 유리한지 마지막에 하는 게 유리한지 사람마다 판단이 다르다. 사람에 대한 평가도 순서에 따라 달라진다. '정의롭고 쾌활하지만 뒷말하기 좋아하고 고집스러운 사람'과 '고집스럽고 뒷말하기 좋아하지만 쾌활하고 정의로운 사람'은 다른 사람 같다.여러분은 그렇지 않겠지만, 나는 아직도 아이 같아서 내 욕심을 앞세우는 것 같다. 지인과 저녁 약속을 하면서 "족발 먹을래, 매운탕 먹을래?" 했다. '다행히' 눈치 빠른 그는 족발을 택해주었다.

우리는 제 뜻을 관철하려고 말의 순서까지도 골몰한다. 먼저 말하기, 나중 말하기, 중간에 끼워 말하기를 적절히 택한다. 듣는 사람도 능동적이다. 말하는 사람의 의도대로 듣기도 하지만, 자신에게 유리한 쪽으로 해석하기도 한다. 일하고 있는 후배가 "배가 고프지만, 참을 수 있어요"라고 말할 때, 당신은 밥을 살 건가, 계속 일을 시킬 건가?

인쇄된 기억

단어가 잘 떠오르지 않는다. 애가 닳고 약이 올라 그 단어 주변을 계속 서성거린다. 비슷한 발음의 단어를 입에 굴렸다가 뱉어내고, 비슷한 뜻의 표현을 되뇌면서 추격한다. 가리키는 대상이 구체적이고 협소할수록 더 빨리 사라진다. 그래서 이름(고유명사)을 가장 먼저 까먹는다. 그다음이 일반명사, 형용사이고 동사가 마지막으로 사라진다.

단어가 떠오르지 않을 때, 우리는 자신이 늙어가고 있음을 직감한다. 머리에 구멍이 숭숭 나고 내 안에 문제가 생겼음을 알아챈다. 어딘가 막히고 끊어지고 사라져가고 있다. 늙는다는 건 말을 잃는 것. 우리 어머니도 말년에 말을 잃어버렸다. 말동무가 없던 게 큰 이유였지만 스스로를 표현할 힘도 잃어버렸다. 나도 단어를 잃어버림과 맞물려 점점 완고해지고 있다. 완고하다는 건 약해졌다는 뜻이겠지.

일반적으로 실어증의 원인을 '망각'에서 찾지만 프로이트는 정반대로 해석한다. 실어증은 망각이 아니라 '심화된 기억'이라는 것이다. 특정 시기에 대한 기억만 강렬하게 남고 나머지는 사라진 결과다. 언어능력이 제대로 작동하는 사람은 같은 말을 눈치껏 달리 표현하거나 고친다. 어제의 기억과 오늘의 기억을 넘나들며 이야기를 직조한다. 말을 잃어가고 있는 사람은 고체처럼 하나의 기억에 사로잡혀 같은 말을 끝없이 반복한다. 107세의 우리 할머니가 "○○는 왜 안 와?" "우리 집엔 언제 가?"라는 말을 한자리에서 수십 번 반복하는 것도 그의 기억에 사람과 공간에 대한 그리움이 인쇄되어 있기 때문일 것이다.

말끝이 당신이다

현타

  '현타'. 현실 자각 타임. '현자 타임'의 준말. 같은 듯 다른 두 가지 뜻이 있다. 하나는 '욕구 충족 이후에 밀려오는 후회의 시간'이고, 다른 하나는 '헛된 꿈이나 망상에 빠져있다가 자기가 처한 상황을 깨닫게 되는 시간'이다. 그렇다면 '현타'는 욕망을 채워도 밀려들고 채우지 못해도 밀려드는 마음이다. 침대 위든 명품점이든 골방 안이든 거리든 버스 안이든, 때와 장소를 가리지 않는다.

  우리 시대는 욕망도 임시직이다. 하기야 고용도 임시적이니 소유나 사랑도 임시적일 수밖에. 시장의 모든 변덕에 민감하게 반응하는 체제는 개인을 언제든 손쉽게 재배치할 수 있도록 임시화하고 유연화시켰다. 모든 잉여들을 수시로 제거하고 불필요한 오물들은 갖다 버린다. 이 시대의 욕망도 투입 대비 성능을 최대화하기 위해 최적화되어 있다. 모든 걸 거머쥘 기세로 솟구치다가도 손을 빠져나가는 모래알처럼 이내 사그라든다. 모으기보다 탕진하고 참기보다 발산한다. '자신을 재발명하라'는 시장의 명령은 스스로 좋은 사냥감이 되기 위해 동분서주하게 만들었고, 반대로 좋은 먹잇감이 나타나면 직선으로 달려들어 덮친다.

  메뚜기처럼 분주히 '뛰어' 다니다가도 문득 '이게 사는 건가' 자문하면 이내 허탈감이 밀려든다. 내가 하는 일이 무의미할지도 모른다는 자각, 내가 너무 멀리 와 있을지 모른다는 자각은 개인의 성장이나 사회적 건강성 면에서 환영할 만하다. 하지만 지금 알아차린 현실이 허탈감, 상실감, 고립감, 무기력, 분노와 같은 병리적 감정 상태에 가깝다면, 그 현실은 자각되어야 할 게 아니라 극복되어야 한다.

말끝이 당신이다

3인칭은 없다

모든 언어에는 인칭대명사가 있다. '나, 너, 그', 'I, You, He/She'. 이 인칭대명사가 바로 언어의 본질로 통하는 쪽문이다.

우리 삶은 대화적이다. 언어가 본질적으로 대화적이기 때문이다. 우리는 언제나 대화 상황에서 말을 한다. 대화는 말하는 이, 듣는 이, 시공간을 포함한다. 이를 뺀 언어는 죽은 언어다. 인칭대명사는 언어가 본질적으로 대화적이라는 걸 보여 주는 증거다.

'토끼가 씀바귀를 맛나게 먹는다'라고 할 때 '토끼'와 '씀바귀'의 개념은 쉽게 떠올릴 수 있다. 그런데 '나/너'는 언제 '나/너'가 되는가? 오직 '나/너'가 쓰인 대화 상황에서만 확인할 수 있다. "밥값은 내가 낼게" "아냐, 내가 낼게" 같은 바람직한 장면이나 "밥값은 네가 내라" "아냐, 네가 내라" 같은 험악한 상황에서 '나/너'는 말하는 사람과 듣는 사람만을 가리킨다. '나'와 '너'는 늘 주거니 받거니 해야 한다. 순식간에 '나'는 '너'가 되고 '너'는 '나'가 된다.

3인칭이라고 불리는 '그'는 전혀 다르다. 언어학자 에밀 뱅베니스트는 3인칭은 없을뿐더러, 3인칭이란 말이 인칭의 진정한 개념을 말살시켰다고 쏘아붙인다. '그'는 대화 상황에 없는 사람을 대신 표현하는 것이고 대화에 따라 바뀌지도 않아 진정한 인칭일 수 없다. 대화 상황에서만 생기고 수시로 변경되는 '나, 너'만이 인칭대명사이다.

그래서 대화 자리에 없는 '그'는 늘 뒷담화 대상이 된다. 우리는 끝까지 대화 현장에 있어야 한다. 삶은 '나'와 '너'가 현재적으로 만드는 대화이므로.

생각보다

군더더기 말 때문에 속내를 들키는 경우가 많다. 나/우리의 '속내'는 온갖 판단과 부조리와 모순과 욕망과 이기심과 열등감과 속물근성과 허세로 가득하다. '진솔함'은 이 추악한 속내를 남김없이 쏟아내는 게 아니다. 그걸 없애는 일의 어려움(불가능함)과 실패를 실토하는 거다. 세상은 추악한 속내를 숨기질 못하고 실행에 옮기는 자들 때문에 추해진다. 말을 할 때 이런 '속내'가 드러나지 않도록 머뭇거리고 조심해야 한다.

'생각보다'라는 말은 나도 모르게 자기 속내를 드러내는 표현이다. 상대에 대해 미리 어떤 기대나 예측, 평가를 하고 있었다는 뜻이다. "생각보다 못생겼더라" "생각보다 일을 못해" "생각보다 안 어울리네"처럼 부정적인 평가는 말할 필요도 없다. "생각보다 일을 잘하는군" "생각보다 멋있네요"처럼 겉보기에 칭찬으로 들리는 말도 상대에 대한 애초의 기대가 별로였음을 몰래 감추고 있다. 그냥 "일 잘하는군" "멋있네요"라고 하면 된다. 마음속 생각과 입 밖으로 끄집어낼 말은 같을 수 없다. 생각과 말이 일치할 때 도리어 문제가 생긴다. 어차피 모든 말에는 말하는 사람의 생각이 드러난다. 굳이 평소에 어떤 생각을 품고 있었는지 시시콜콜 보여줄 것까지는 없다.

진정한 행복은 '속 시끄러운' 생각을 멈추는 데에서 시작된다. 하지만 마음속에 있는 시끄러운 소리는 그것대로 놔두더라도 밖으로 드러나는 말은 매 순간 있는 힘을 다해 조심해야 한다. 편협한 자신이 드러나고 상대에게 상처 주는 말이라면 더 조심해야 한다. 생각은 자유롭게 하되, 표현은 절제해야 한다.

하나 마나 한 말

"책상이란 뭔가?"라고 물으니 "책상이 책상이죠!"라고 답한다. 선생은 실망한다. 어떤 말이 항상 참일 때 이를 항진명제라고 한다. '오늘 비가 오거나 오지 않았다'고 하면 항상 참이다. 참이 아닐 수 없어 허무하다. '책상이 책상이죠'라는 말도 '3 = 3'이라는 말처럼 늘 참이다. 거짓일 가능성도 없고 새로운 정보를 보태지도 못하는 항진명제는 본질적으로 공허하고 하나 마나 한 말이다.

그런데도 사람들은 그런 말을 곧잘 쓴다. 미끈하고 냉정한 논리와 달리 말에는 다양한 때가 묻어있고 여지도 많기 때문이다. '여자는 여자다'와 '남자는 남자다'만 봐도 사회적 통념의 때가 말에 짙게 묻어있음을 알 수 있다. '임금은 임금, 신하는 신하, 부모는 부모, 자식은 자식(君君臣臣 父父子子)'이라는 말도 하나 마나 한 얘기다. 그럼에도 신분의 역할을 어떻게 규정하느냐에 따라 반동의 언어로도 혁명의 언어로도 읽을 여지가 생긴다. 늙은 선승의 '산은 산이요, 물은 물이다'라는 말 한마디에 사람들은 깨달음을 얻는다. '너는 너야'라는 말에 위로와 자신감을 얻고, 떼를 쓰는 아이를 보며 '애는 애다'라고 하면서 화를 삭인다.

하느님도 자신을 처음 소개하면서 "나는 나다"라고 했으니, 하나 마나 한 이런 말들이 의외로 큰 힘을 발휘하나 보다. 거론되는 대상의 고유성을 강조하거나, 새로운 의미를 깨닫거나, 대상에 대한 이해의 마음을 표현하거나 하는 여러 전략이 숨어있기 때문이다. 말은 논리가 아니다. 말에는 말하는 사람의 심장과 시간이 박혀있다.

날아다니는 돼지

잠시 눈을 감고 '날아다니는 돼지'를 떠올려보라. 뭐가 떠오르는가? 영화 〈붉은 돼지〉의 광팬이 아니라면 비행기를 조종하는 돼지가 떠오르지는 않을 거다. 날개가 달려있던가? 어디에 달려있던가? 배 밑인가 등 뒤인가? 몇 쌍이던가? 육중한 몸으로 날려면 힘이 꽤 들 텐데도 두 쌍이 아니고 왜 한 쌍만 달려있을까? 입은 어떻게 생겼던가? 나와 비슷하다면 당신은 새 부리가 아니고 돼지 주둥이를 떠올렸을 것이다. 발도 새 발이 아니라 돼지 발일 테고. 깃털이 있으면 좋으련만, 피부는 어찌나 매끈한지.

세상 어디에도 '날아다니는 돼지'는 없다. 그게 중요하다. 없는데도 의미를 아니까 신통한 일이다. 흔히 말의 의미를 사물과 연결시킨다. '손톱'이 뭐냐고 물으면 '이거' 하면서 손톱을 가리킨다. 하지만 '날아다니는 돼지'의 예에서 보듯이, 말의 의미는 사물로 이해되지 않는다. 우리는 말을 이해하기 위해 자신의 경험을 창조적으로 결합한다. 돼지의 생김새와 새의 날갯짓을 합해 새로운 조합을 만든다.

그런데 경험을 바탕으로 의미를 파악하기 때문에 떠올리는 의미는 사람마다 다르다. '아침 밥상' 하면 떠오르는 이미지가 뜨끈한 국에 흰 쌀밥일 수도 있고, 식빵에 딸기잼일 수도 있고, 우유에 시리얼일 수도 있다. 말의 의미가 다르다는 것은 사람마다 의미를 다르게 구성한다는 뜻이다. 경험의 차이가 의미의 차이를 만든다. 같은 말을 써도 다른 의미를 떠올린다. 우리는 다 다르다. 그러니 내 말뜻을 못 알아듣는 상대를 너무 윽박지르지 말자.

말의 이중성

낮엔 천사, 밤엔 악마. 이중성이야말로 인간의 본성이다. 삶을 수련에 비유한다면 삶의 수련은 선의 편에 서서 악을 증오하는 일이 아니다. 선악이 엉망진창 뒤범벅된 수렁 한가운데에서 뭔가를 추구하는 일이리라. 이게 진실에 가깝다는 걸 언어가 보여준다.

하나의 말 속에 정반대의 뜻이 함께 쓰이는 경우가 있다. 사고로 가족을 잃은 사람에게 "이런 기막힌 일을 당하다니…"라고 할 때 쓰인 '기막히다'는 그 일이 너무 놀라워 할 말을 잃을 정도라는 뜻이다. 반면에 "음식 맛이 기가 막히네"라고 할 때는 뭐라 표현할 수 없을 만큼 좋다는 뜻이다. 이런 예가 적지 않다. "괄호 안에 적당한 답을 고르시오"에 쓰인 '적당하다'는 거기에 꼭 알맞다는 뜻이지만, "누가 보는 것도 아닌데 적당히 해"라고 하면 대충 하라는 뜻이다. 목숨을 뺏는다는 뜻의 '죽이다'는 멋지거나 좋다는 뜻으로도 쓰인다. 춥거나 무섭거나 징그러울 때 돋던 '소름'이 요새는 굉장히 감동적인 장면에서도 돋는다.

놀랍게도 모든 말은 반어적으로 쓰일 수 있다. 당신도 '멋지다, 훌륭하다, 잘났다, 잘했다, 착하다, 꼼꼼하다, 배포가 크다' 같은 '좋은' 말로 앞사람을 순식간에 '열받게' 할 수 있다. 겉으로 들리는 말 뒤에 숨겨둔 의미를 눈치있게 해석해

내기 때문이다. 말을 듣는 순간, 아니 듣기 전부터 맥락을 파악하고 가능한 의미들 중 하나를 정확히 집어낸다. 소통이란 겉과 속, 표면과 뒷면이 배반적인 말 사이를 작두 타듯 위태로우면서도 날렵하게 헤엄치는 것이다. 바로 말의 이중성과 함께 사는 것.

언어의 퇴보

　말 몇 마디만 듣고도 그 사람 고향을 어림잡을 수 있는 경우가 있다. 그게 꽤나 솔깃했던지 동서양 가릴 것 없이 발음으로 네 편 내 편 갈라 해코지를 한 사례들이 많다.

　'쉽볼렛 테스트'라는 유명한 사건이 성경에 기록되어 있다. 길르앗과 에브라임이라는 유다의 두 파벌 사이에 전쟁이 벌어졌다. 패전한 에브라임 사람들이 강을 건너 도망치는데, 길르앗 사람들이 길목을 막아서며 '쉽볼렛'이라는 단어를 말해보라고 시킨다. 제대로 발음하지 못하고 '십볼렛'이라고 하면 잡아서 죽였다. 그 수가 4만 2000명이었다. '쌀'을 '살'이라 하면 죽이는 격이다. 관동대지진 때 일본인들도 마찬가지였다. 일본말로 '15엔 50전(주고엔 고주센)'이란 말을 시켜 제대로 못 하면 조선인이라 하여 바로 살해했다. 발음이 생사를 갈랐다.

　나는 가끔 태극기집회에 간다. 그곳에선 어떠한 머뭇거림도 찾을 수 없었다. 사람들은 스스로를 부추겼고, 확신에 찬 1만 명은 마치 한 사람 같았다. 그 한 사람이 되지 못하면 다 빨갱이였다. 언어는 퇴보하고 있었다. 막힌 하수구처럼 다른 말은 흐르지 못했다. 고향을 알면 빨갱이인지 알 수 있단다. 소득주도성장 때문에 나라를 망친 대통령은 빨갱이다. 북한에 돈을 제일 많이 갖다 바친 대통령은 빨갱이다. 노란 리본 달고 다니는 놈들은 빨갱이다. 그래서 다 죽여야 한다. 빨갱이면 왜 죽여야 하는지는 말하지 않는다. 먼저 죄인이라 불러놓고 죄목을 찾는다.

비통함이 없는 분노는 얼마나 위험한가. 망설임이 없는 적개심은 얼마나 맹목적인가. 거기, 나의 아버지들이 단어 하나를 부여잡고 막무가내로 앉아있다.

저지르다

뻔한 얘기지만 양반과 상민을 구별하는 사회는 능력과 상관없이 날 때부터 한 사람이 가게 될 삶의 방향이 얼추 정해져 있다. 인류사는 삶의 향배가 미리 정해진 사람의 수를 줄여온 역사다.

그런데 태생부터 꼬리표를 달고 사는 말이 있다. 사람들은 말에 여러 '가치'를 부여하는데, 보통은 부정 또는 긍정의 꼬리표를 달아놓는다. 사전의 뜻보다 이렇게 은근히 달아놓은 가치의 꼬리표가 영향력이 더 크다. 인간의 소통은 정보 공유보다는 감정과 평가의 교류가 목적인지도 모른다. 낙인은 은밀하되 노골적이다. 나도 '똑똑하다'는 말보다 '잘난 척한다'는 말을 자주 듣는다(그러거나 말거나). 비슷한 모습이어도 '검소한' 사람과 '인색한' 사람은 전혀 다르다. '당당하다, 늠름하다, 굳세다'와 '도도하다, 되바라지다, 건방지다, 드세다' 사이에는 건널 수 없는 차별의 강이 놓여있다.

'저지르다'는 '죄를 짓거나 잘못을 범한다'는 뜻이다. 아예 단어 자체에 '죄나 잘못'이 적혀있는 듯하다. 그래서인지 '저지르다' 앞에는 '범죄, 범행, 죄, 잘못' 따위의 낱말이 드글거린다. 부정적인 힘이 하도 강해 '일'처럼 중립적인 말도 전염시켜 '일을 저지르다'라고 하면 뭔가 잘못을 범한 것 같다.

말의 교란과 삶의 확장은 이렇게 달린 꼬리표를 '분연히'

떼어낼 때 일어난다. 아이들은 '저지레'를 하며 자란다. '저지르다'가 새로운 시도나 도전의 의미로, 궁극에 가서는 '감행'과 '전복'의 의미를 얻을 때까지 전에 없던 의지로 일을 저지르자.

말끝이 당신이다

이단

    '이단'. 다른 이[異] 끝 단[端]. 끝이 다르다. '단(端)'은 끝이기도 하고 실마리이기도 한데, '단정하다' '올바르다'는 뜻을 얻었다. 시작과 중간은 같았다. 다른 옳음. 무엇이 옳은지 다르게 생각하는 데서 오는 갈라짐. '옳지 않다'고 하려면 '옳음'의 기준이 있어야 한다. 옳지 않음은 진리에 미달했다기보다는 거짓의 편에 섰다는 뜻으로 읽힌다. 어떤 이야기 구조 속에 있느냐에 따라 이단은 서로를 향하는 총알이다.

    이단에 속한 사람은 전통과 권위에 도전한다. '이단아'라는 말에는 '권위에 맞섬, 엉뚱함, 아웃사이더, 혁신'의 이미지가 풍긴다. 유독 기독교에 이단·사이비가 많은데, 신이 자신의 모습 그대로가 아닌 인간의 모습으로 왔다는 데에 이 종교의 심오함과 딜레마가 있다. 도저히 상상할 수 없는, 아니 상상으로밖에 가늠할 수 없는 존재에 대한 믿음의 체계이다. '신이면서 인간'인 예수. 'A이면서 B'라는 등식은 동시에 'A도 아니고 B도 아니'라는 말도 된다. 신이면서 인간인 존재는 신도 아니고 인간도 아닌 존재다. 그게 기독교의 시작점이다. 그래서 쉽게 끝이 달라진다.

    알 수 없는 존재가 우리 곁에 온 사건 때문에 이단에 잘 빠지는 걸까? 아니다. 그 역사적 사건이 '반드시' 자기가 살아 있는 동안에 한 번 더 벌어져야 한다는 욕망이 문제다. 자신이 끝이자 시작이고자 하는 욕망. 우리는 끝도 시작도 아닐지 모른다. 아무것도 보지 못하더라도 우리는 살아가야 한다. 예수는 신이면서 인간이었다. 신도 아니고 인간도 아니었다. 우리도 나이면서 남이다. 나도 아니고 남도 아니다. 이 둘 사이의 줄타기는 삶 속에 뒤엉켜 거듭 드러날 뿐. 그 외에는 모른다.

말끝이 당신이다

하루아침에

하루아침에 벌어진 일이다. 마스크 없이 버스 타기 꺼림칙하고 거리는 스산하고 사람들은 흩어졌고 형이 죽었다. 이전과 이후가 달라졌고 다시는 이전으로 돌아갈 수 없다.

우리는 늘 한발 늦는다. 일이 닥치고 나서야 '여기는 어디?'라고 묻는다. 조짐이 왜 없었겠냐마는 직전까지 모르다가 하루아침에 당했다고 착각한다. 물론 엄청나게 긴 시간을 뜻하는 '겁(劫)'이란 말도 안다. 천지가 한 번 개벽할 때부터 다음 개벽할 때까지의 사이. 가로세로 40리나 되는 큰 바위를 백 년에 한 번씩 얇은 옷으로 스쳐 마침내 그 바위가 닳아 없어지는 시간. 가늠할 수 없는 시간이다.

그래서인지 짧은 시간을 표현하는 말이 많다. '찰나(刹那)'는 75분의 1초. 이게 얼마나 짧은지 실을 잡아당겨 끊어지는 순간이 64찰나나 된다. '별안간'은 스치듯 한 번 보는 동안이고, '삽시간'은 가랑비가 땅에 떨어지는 사이다. '순식간'은 눈 한 번 깜박이고 숨 한 번 쉬는 사이다. 아찔할 정도로 빠르다. '갑자기, 졸지에, 돌연, 홀연, 각중에, 느닷없이' 같은 말도 어떤 일이 짧은 시간에 뜻밖에 벌어졌다는 느낌을 담는다.

그나마 '하루아침'은 숨이 덜 차다. '찰나, 순식간, 별안간, 삽시간'이 시간의 한 지점을 수직적으로 지목한다면, '하루아침'은 그걸 조금이나마 수평적으로 펼쳐놓는다. '찰나'나 '영겁'에 비해 '하루아침'은 시간의 질감이 느껴진다. 찰나에 서 있는 인간에게 '하루아침'은 지금 우리가 사는 세계를 알 아차릴 수 있는 과분하게 여유로운, 그만큼 미련이 남는 시 간이다.

동서남북

'오른쪽'은 어디인가? 쉬운 말을 뜻풀이하기가 더 까다롭다. 사전에는 '북쪽을 향했을 때 동쪽과 같은 쪽'이라는 뾰족수를 내놓고 있지만, 보통은 우리 자신의 몸을 중심으로 설명한다. 눈이 향하는 곳을 기준으로 가로세로로 나누어 오른쪽, 왼쪽, 앞, 뒤를 가리킨다. 자기를 중심으로 방향을 파악하기 때문에 몸의 방향에 따라 전후좌우가 수시로 바뀐다. 지도나 나침반 없이, 별다른 방향감각 없이도 공간을 지각하니 편리하다.

호주 원주민 구구이미티르족에게는 '앞, 뒤, 오른쪽, 왼쪽' 같은 말이 없다. 동서남북을 가리키는 말만 쓴다. 몸과 무관한 절대적 방향감각! 오른쪽 뺨에 묻은 밥풀을 보고 "뺨 서쪽에 밥풀 묻어있어"라 하고, 발 옆으로 개미가 지나가면 당신 북쪽으로 개미가 지나간다고 한다. 내비게이션 지도를 정북 방향 모드로 설정하면 이 감각을 간접 체험할 수 있다. 지도를 북쪽으로 고정시켜놓으면 주행 방향과 다르게 옆이나 거꾸로 간다는 느낌을 받는다. 이들은 허허벌판에서도 목표지를 쉽게 찾아가는데, 그러려면 어떤 상황에서도 정확한 방위를 알아야 한다. 낮이든 밤이든 실내든 실외든 심지어 동굴 안에서도 마음속 나침반을 작동시켜야 한다. 놀랍게도 두 살 때부터 익히기 시작해 일곱 살이면 통달한다.

아버지 세대만 해도 해가 어디서 떠서 어디로 지는지 알고, 남향이니 북향이니 하며 방향에 대한 감각을 풍수지리적으로나마 익혀 왔다. 이제 우리는 땅에서 더욱 멀어졌다. 그걸 알 수 있는 질문. 당신은 해가 어디에서 뜨는지 손가락으로 가리킬 수 있는가?

말끝이 당신이다

사과의 법칙

궁금했다. 피해자들은 왜 항상 보복이 아닌 '사과'를 요구할까? 말뿐인 '사과'가 뭐가 대수라고. 사과를 해도 비판이 잇따르기 일쑤다. '오빤 그게 문제야. 뭘 잘못한지도 모르고 미안하다고 하면 그게 사과야?'라는 노랫말처럼 '제대로 사과하기'란 더 어렵다.

사과를 하면 사람들은 그 말의 '진정성'을 따지지만 그걸 확인할 방법은 마땅찮다. 속을 들여다볼 수도 없거니와 말하는 사람 스스로도 천 갈래의 마음일 테니 뭐가 진짜인지 모른다. 게다가 이 무도하고 염치없는 세상에서 계산 없는 사과를 기대하는 것 자체가 순진한 일이다.

차라리 사과의 적절성을 따지자. 그걸 알려면 사과의 성립 조건을 따지는 게 좋다. 약속과 다짐은 미래와 관련되지만 사과는 '과거'와 관련된다. 사과는 자신이 저지른 일을 스스로 문제 삼을 때 성립한다. 과거를 집중 사과한 모범 사례 하나를 들어보겠다.

호주 전직 총리 케빈 러드는 원주민 아동 강제분리 정책에 대해 공식 사과하면서 '반성한다'를 5회, '미안하다'를 9회, '사과한다'를 18회나 말했다. 그가 세 번 연속 I am Sorry(미안합니다)를 외치자 그 나라 전체가 울었다. 사과가 성립하려면 자신의 행위가 듣는 이에게 좋지 않았음을 인정하고 들는 이에게 미안함이나 책임감을 표현해야 한다. 피해자의 체면을 세워주고, 자신의 체면을 깎아내려야 한다.

아이 때는 "잘못했어요. 다시는 안 그럴게요"라고 빌면 화를 면할 수 있다. 하지만 어른은 두 말 사이에 '무엇을 잘못했는지'를 기입해야 사과가 된다. 그럴 때라야 힘없는 사과가 새로운 관계 맺기의 출발점이 된다.

말끝이 당신이다

끝

우리는 시간 속에서 살지만 시간을 감각할 수는 없다. 감각할 수 없으면서도 알고 싶으니 눈에 보이는 걸 빌려다가 쓴다. 시간을 움직이는 사물로 비유하는 게 제일 흔한 방법이다. 하루가 '가고', 내일이 '다가오고', 봄날은 '지나가고', 시간은 '흐르고', 휴가를 '보낸다'는 식이다.

공간을 뜻하는 말을 시간에 끌어와 쓰기도 한다. 그중 하나가 '끝'이다. 애초에 '끝'은 '칼끝', '손끝'처럼 물건의 맨 마지막 부분을 나타낸다. 영화를 끝까지 보거나 책을 끝까지 읽는다고 할 때도 영화나 책의 맨 나중 위치를 말한다. 조용필이 항상 맨 마지막에 나오는 것은 '끝'을 어떤 일의 클라이맥스로 여기는 우리의 성향을 반영한다. '오랜 수련 끝에 달인의 경지에 오르다'나 '고생 끝에 낙이 온다'처럼 '끝'이 앞일과 뒷일을 잇는 '문지방' 구실을 하기도 한다.

사람들은 최초(원조)만큼이나 최종에 대해서 궁금해한다. 시간에 처음과 끝이 있을 리 없지만, 사건에는 처음과 끝이 있다. 입학식과 졸업식을 거창하게 치르듯이 과정보다는 처음과 끝을 중심으로 기억한다. 개인이 사건과 역사라는 말 위에 올라타면 마른 나뭇가지처럼 삶은 '시작'과 '끝'의 연속으로 또각또각 끊어진다. 생로병사의 외줄을 타는 인간은 특히 '끝'에 주목한다. 죽음의 방식을 삶의 성패로 여긴다. 종료

의 의미로 '끝이 나다'라고 하는데, 싹이 나고 털이 나듯이 끝
도 '난다(!)'. '끝'을 '없던 것의 생성'으로 보는 것이다. 보통
은 생의 끝이 불현듯 다가오는데, 누구는 의지적으로 끝을
낸다. 삶, 정말 모를 일이다.

잃어버린 말 찾기

단어가 잘 안 떠오른다고 고백한 적이 있는데 요즘엔 더 잦아졌다. 뇌 기능이 조금씩 뒷걸음질 친다. 수업 때 수십 종의 개 이름을 다다닥 읊어주고 그걸 그저 '개'라고만 하는 말의 폭력성을 보여줌으로써 학생들의 환심을 사려 했다. 그 순간 떠오른 말은 '발바리'밖에 없었다. 풍산개, 삽살개, 셰퍼드, 불도그, 푸들, 닥스훈트, 하다못해 진돗개는 어디로 갔나.

말에 장애가 생겼다는 걸 알게 되면 좋은 점도 있다. 허공에 빈손 휘젓듯 머릿속을 뒤적거리다 보면 상실된 것 주변에 아직 상실되지 않은 나머지들이 날파리처럼 몰려드는 걸 보게 된다. 머릿속 낱말들이 어떻게 짜여있는지 짐작할 수도 있다.

흔히 단어가 떠오르지 않으면 다른 말로 풀어 말한다. 일종의 번역인데 '칼'이란 낱말이 떠오르지 않아 '뾰족하게 생겨 뭘 자르는 거!'라는 식이다. 비스름한 말만 맴돌기도 한다. '강박'이란 말이 안 떠올라 '신경질, 편집증, 집착'이, '환멸' 대신에 '혐오, 넌덜머리, 염증'이란 말만 서성거린다. 비슷한 소리의 단어가 어른거리기도 한다. '속물'이란 단어가 안 떠올라 첫 글자가 'ㅅ'인 '사람, 선물, 사탄, 사기'란 말이 움찔거리다가 이내 사라진다. 혼자 하는 말잇기 놀이 같다.

부부의 대화 중 잃어버린 말을 찾으려 스무고개를 하는 경우가 심심찮다. 상실된 말 주변에 더 이상 아무 말도 모이지 않으면, "그때 걔, 있잖아 걔" "아, 거 그거, 뭐시기냐 그거" 이렇게 될 거다. 침묵으로 빠져들기 전, 마지막까지 내 혀에 달려있을 말이 무엇일지 궁금하다. 부디 욕은 아니길.

고유한 일반명사

유일하다. 하나밖에 없다. 무한한 우주를 뒤지고 억만 겁의 시간을 오르내려봐도 언제나 하나밖에 없다. 사람이든 사물이든 하나밖에 없을 때 우리는 거기에 고유명사를 붙인다. 사람 이름을 비롯하여 산 이름, 강 이름, 별 이름, 동네 이름, 상호가 그렇다. 관심과 애정이 가는 대상에 '이름'을 붙인다. 애정이 있어 이름을 붙이지만 이름은 다시 더 깊은 애정을 부른다(집착과 함께).

잘 알려진 고유명사는 다른 대상을 비유적으로 표현하는 데 재활용되기도 한다. 축구선수 이강인은 한국의 '메시'이고 독재자는 '히틀러'이며 과학에 재능을 보이는 아이는 꼬마 '아인슈타인'이다. 예쁜 산을 두고 한국의 '알프스'라 소개하는 안내문을 본 적이 있을 것이다. 고유명사의 확장이다.

반대편에 일반명사가 있다. 여러 사물을 하나의 이름으로 묶는다. 태백산이든 수유리 화단이든 앞집 계단이든 어디든 피어나면 모두 '꽃'이다. 절집이든 고물상 앞마당이든 산 너머든 멍멍 짖는 녀석은 '개'다. 낱낱이 가진 차이는 사라지고 그저 하나의 공통성으로 묶인다.

그런데 일반명사라 하더라도 각 사람에게 고유명사인 게 있다. 아무리 이 세상에 같은 이름의 대상이 널려있어도 그 사람에게는 하나밖에 없다. '엄마'라는 말을 떠올려보라. 세상 '모든 엄마들'이 아니라 '우리 엄마'만 떠오른다. 물건도 곁에 오래 두고 지내면 나에게 유일무이해진다. 나이를 먹는다는 것은 관계의 그물로 맺어진 인연과 체험에 따라 일반명사가 점점 고유화되는 것일지도 모른다. '고유한 일반명사'가 이 세상에서 사라질 때 그 이름은 그리움으로 바뀐다.

그림과 말

말을 배우기 전 아이는 세계를 그림 비슷하게 받아들인다. 이름 없는 세계를 그림(이미지)으로 받아들이는 것이다. 쪼개고 베어내어 이름 붙이지 않는다. '이름 모를' 사람들이 먹여주고 씻겨주다니 이 세계는 믿을 만하다. '빨주노초파남보'를 모른 채 보는 무지개는 얼마나 온전하고 아름다울까. 희로애락의 감정은 추상적이지 않고 몸으로 체험되고 기억 속에 각인된다. 머릿속 그림은 살아 움직이며 꿈틀거린다. 구체의 세계, 육감의 세계다.

말은 세계를 베어내는 칼이다. 세계를 그림처럼 아로새기고 있던 아이를 습격한다. 말은 개체가 갖는 단독성과 관계성을 없애고 공통점을 찾아 추상화한다. '나무, 괴롭다, 동물'이란 말은 추상적이다. '꽃이 아름답다는 것을 느껴보기도 전에 꽃이 아름답다는 말을 먼저 배운' 사람에게, 그 말은 '꽃의 아름다움을 꺾는다'(고은강, 〈최초의 습격〉). 사람들이 글보다 이미지나 동영상에 환호하는 것도 달리 보면 어릴 적 본능을 회복하는 건지도 모른다. 이미지는 세계를 인식하는 가장 원초적인 도구니까.

그런데 그림이든 말이든 이 세계를 무심히 그려내지는 못하고 차별한다. 가만히 있는 것보다는 움직이는 것, 먼 곳보다는 가까운 곳에 더 눈길을 준다. '나'와 '나 아닌 자', '지금'

과 '지금 아닌 때', '여기'와 '여기 아닌 곳'을 기준으로 구별한다. 물리적 거리는 마음속 거리감으로 바뀌어 친한 사람은 가깝고 모르는 사람은 멀다. 도덕, 즉 옳고 그름의 문제로까지 확대된다. '가까움'은 옳고, '멂'은 그르다. 이 구별 본능을 피할 수 없다.

말끝이 당신이다

아이들의 말

아이를 돌보는 어른에게 가장 행복한 시기는 아이가 말을 배울 때다. 아이의 말은 대부분 짧거나 비슷한 소리를 거듭한다. 맘마, 까까, 찌찌, 응가, 쉬야, 냠냠, 지지, 떼찌, 맴매. 동물 이름도 소리를 연결하여 꼬꼬닭, 야옹이, 멍멍개, 꿀꿀돼지라 한다. '어서 자!'가 아니라 '코 자!'라고 해야 잔다.

아이를 묘사하는 말도 따로 있다. 아이는 아장아장 걷고, 응애응애 운다. 운동 감각을 키워주려고 도리도리, 죔죔, 섬마섬마를 한다. 어른은 대(大)자로 누워 자지만 아이들은 잠투정을 하다가도 나비잠을 잔다. 먹은 것 없이 처음 싸는 배내똥은 늙어 죽을 때 한 번 더 싼다. 걸음마를 뗄 무렵부터 아이의 말도 팝콘처럼 폭발한다.

낱말에서 멈추지 않는다. 어른들이 세상을 다 안다는 듯이 냉소와 무심함으로 살 때, 그들은 이 복잡미묘한 세계를 처음 겪는 낯섦과 혼란에 맞선다. 아이는 인과관계를 생각하는 마음의 습관을 타고난다. 이유나 근원을 자꾸 묻는다. 그러다가 엉뚱해진다. 추리는 대부분 틀리지만, 중요한 것은 타인에게 기대지 않고 사물과 현상을 직접 관찰한다는 점이다. 말 그대로 직 – 관(直觀)! 게다가 이 세계를 분리하지 않고 상호 의존적으로 연결하려는 본능적 성향을 보인다.

이 세계에 대한 관심과 열정, 그리고 끝없는 질문과 의심하는 태도를 지성이라고 한다면, 어린이야말로 지성인이다. 불평등이 심화되고 있지만, 그래도 아이를 키우는 일은 행복하다. 세계의 속삭임에 귀 기울이고 언어를 재료 삼아 삶을 건축해나가는 한 인간의 집념을 목격하는 일이다.

괄호, 소리 없는

말은 소리에 높낮이를 주거나, 늘이거나, 짧게 끊거나, 뜸을 들이는 방식으로 말하는 이의 의도를 다양하게 담는다. 이에 비해 글은 평평하여 목소리를 담지 못한다. 이를 흉내 내려고 기호를 쓰는데, '?(물음표)'를 붙이면 말끝을 올리고 '!(느낌표)'가 나오면 감탄하는 마음이 생기며 '…(말줄임표)' 앞에서는 말끝을 흐린다. 그런 기호 중에 괄호가 있다.

소인배인 나는 나이가 들수록 말이 많아졌다. 말을 하면서도 머릿속에 따로 떠오른 생각마저 주절대니 난삽하다. 학생들한테 한 학기 공부한 보람을 묻는 질문지를 만들면서도 이런 식이다. "강의 내용 중에서 삶에 도움이 되는 것이 있었나요?(있기나 하겠습니까마는….)" 나에게 괄호는 마음속에 떠오른 딴소리를 묻어두지 않고 드러내는 장치다. 관객한테 들리도록 하는 혼잣말이다. 방금 한 말이 온전하지 않아 비슷한 말이나, 덧붙이는 말이나, 대꾸하는 말을 한다.

괄호는 제 목소리를 갖지 못한 말이고, 철저히 '을'이다(수학에서 괄호는 '갑'이다. '3×(2−1)'은 괄호부터 계산하므로 정답이 '3'이다). 괄호 다음에 오는 조사는 괄호 안의 말을 무시하고 원래의 말에 맞추어 붙인다. 모레(수요일)'는'이라고 하지, 모레(수요일)'은'이라고 안 쓴다. 그래서 짐짓 읽고도 읽지 않은 듯, 말하고도 말하지 않은 듯해야 한다. 하지만 목소리 없는 이 군더더기는 지금 매끄럽게 내뱉는 말의 뒤편에 실은 다른 표현이 철철 넘친다고 소리친다. 괄호 속 존재는 소거되어야 할 잉여가 아니라 복권되어야 할 아우성이다. 그래서인지 괄호를 보면 혁명이 떠오른다.

주접댓글

'주접댓글'. 영상이나 사진, 글을 보고 댓글창에 다는 과장되고 재치 넘치는 말. 빤히 보이는 허풍으로 상대를 찬양하고 고무한다. 말장난의 즐거움을 미학(아름다움)의 차원으로 승화시킨다. 가장 해롭지 않은 말하기, 쓸모없음의 쓸모있음을 보여주는 말의 최고 경지다.

아재개그가 썰렁하다고 타박하면서도 비슷한(!) 방식의 댓글에 이리 열광하는 걸 보면, 역시 담는 그릇이 중요한 듯. "목소리 진짜 좋으시네요. 제 귀지가 설탕이 된 느낌." "언니, 경마장 출입금지라면서요? 언니를 보면 말이 안 나와서." "계란 한 판을 사면 계란이 29개밖에 없다면서요? 당신한테 한계란 없어서." "언니 노래 영상 공짜로 보는 게 송구스러워서 데이터 켜고 보고 있어요." "짐 놔두고 가셨어요. 멋짐." "오빠는 사슴이에요. 내 마음을 녹용."

이런 게 넘치는 '댓글맛집'을 찾아다닌다.

맥락의 탈피. 재미있는 말은 이마에 '재미있음'이라고 써붙이고 다니지 않는다. 웃음은 늘 예정된 철로를 달리던 기차를 탈선시키는 데에서 오는 쾌감이자 감탄사다. 사람은 있는 그대로를 '있는 그대로' 표현하는 걸 싫어한다. 과장이나 축소로 말과 대상 사이의 빈틈을 만들고, 그 간격을 더 벌리기를 좋아한다. 아재 가수 강산에가 친구 딸이 구구단으로 말장난하는 걸 듣고 노래를 지었다. "이 순간 당신이 웃을 수만 있다면 하는 바람에 준비해봤습니다. 이일이 이이사 이삼육 이사팔 이오십 이육십이 이칠십사 이팔십육 이구아나"(강산에, 〈이구아나〉) 지금은 웃지 않겠지만 나중에 혼자 웃을 거다. 우리는 더 웃긴 사람이 되어야 한다.

허하다

'허하다'. '허'를 길게 늘여 발음할수록 그나마 쓸쓸함 한 자락을 담는다. 둘도 없이 사랑하던, 자기다웠던, 가장 충실하고 행복했던 것에 대해 느끼는 감정. 모든 감정이 떠나가 버린 다음에 오는 감정의 감정. 의미 있던 게 한순간 의미 없어지면서 밀려오는 감정. 마음뿐 아니라 존재 전체가 송두리째 흔들리고 있다는 신호. 땅이 꺼져 끝없이 추락하는 느낌. 애초에 그릇이 없었더라면 채울 것도 없고 '부재'의 흉터도 남지 않았을 텐데, 미련은 끝이 없다.

그러니 보기 좋은 대상에 눈이 팔려 마음을 표현하는 일에는 무관심한 '실하다'라는 단어는 '허하다'의 반대말이 될 수 없다. '허하다'는 자신의 마음 상태만 지목한다. '허한' 마음을 경험한 사람은 이전으로 돌아가지 못한다. 죽음이든 결별이든 부질없음이든 허함은 쌓이고 쌓인다. 그 퇴적물이 사람을 단단하면서도 유연한 사람으로 만들지, 냉소적인 사람으로 만들지는 모른다.

크든 작든 뭔가를 바꾸려고 뜻을 같이하고 삶을 같이했던 사람들이 모종의 오해나 과오로 결별하는 걸 가끔 본다. 동지와의 결별은 모두를 허하게 만든다. 같은 길을 걸어왔다 싶었는데 그게 아니었음을 알 때 느낄 막막함을 상상하기 어렵다.

하지만 진정한 철학은 기존 철학을 반대하는 것에서 시작한다. 모든 운동은 기존 운동을 비판하는 데에서 발전한다. 결점은 우리를 이루는 일부다. 우리는 확신에 찬 사람들끼리 모인 돌무더기가 아니다. 인간의 삶이란 분명하지도 확고하게 정해져있지도 않다. 다양한 목소리와 작은 다짐을 이어 붙인 조각보. 허하다고 실한 곳으로 뛰는 게 아니라 그 허한 곳 한가운데, 텅 빈 그 자리에 앉아있어야 한다. 허한 사람들이 새로운 길을 낸다. 그래도 허하긴 허하다.

말끝이 당신이다

1일 1농 합시다

마을 꼬맹이들이 초승달을 쳐다보며 왜 저렇게 생겼냐 묻는다. "하나님이 쓰는 물잔이라 목이 마르면 물을 부어 마신다"고 했다. "정말요?"(이게 끝이면 좋으련만, 엄마한테 달려가 '엄마! 하나님이 초승달로 물을 따라 마신대'라며 일러바친다. 헉, 잽싸게 피신)

인간의 본성 중에서 좋은 게 하나 있다. 뭔가를 '잘 못하는 능력'이다. 잘할 수 있는데도, 잘 못하는 능력. 가장 빠른 길을 알면서도 골목길을 돌아 돌아 유유자적하는 능력. 방탄소년단 수준의 춤 실력이 있지만 흥을 돋우려고 막춤을 추고, 더 먹을 수 있지만 앞사람 먹으라고 젓가락질을 멈춘다. 당신도 목발 짚은 사람이 있으면 앞질러 가기가 미안해 걸음을 늦출 것이다. 다른 동물들은 자신의 능력을 덜 발휘하지 않는다. 매 순간 최선을 다한다. 새들은 최선을 다해 울고, 고양이는 있는 힘껏 쥐를 잡는다. 너나없이 최선을 다하는 사회는 야수사회다.

가진 능력보다 잘 못하게 태어났음을 보여주는 증표가 농담이다. 농담은 심각한 말의 자투리이거나 분위기를 누그러뜨리는 간식이 아니다. 그 심각함과 진지함 자체가 '별것 아님(!)'이라 선언하는 것이다. 허세가 아니다. 외려 가난할수록, 나이 들수록, 난관에 처했을수록, 다른 꿈을 꿀수록 '실'없고 '속'없는 농담은 힘이 된다.

농담을 잘하려면 엉뚱하면 된다. 관행과 법칙과 질서에 비켜서면 된다. 최선을 다하지 않으면 마음에 사이공간이 생긴다. 거기서 놀면 된다. 다른 세상은 농담으로 앞당겨진다. 우리의 목표는 능력이 아니라, 웃음이다. 즉, 모두의 행복이다.

말끝이 당신이다

2부 말의 품격

차별과 혐오가 그랬듯이 '모두를 위한 평등'도
말에서 출발한다.

고백하는 국가

설날 아침 지인이 문자를 보내왔다. 성전환 군인의 기자회견을 보고 용기를 내어 자신도 커밍아웃을 한다는 내용이었다. 자신에게 찾아온 자유와 행복을 놓치지 않겠으니 당신들도 응원해달라고 한다. 양가에도 얘기했고 조만간 이혼도 하겠다고 고백했다.

고백은 숨겨둔 마음의 목소리를 밖으로 드러내는 일이다. 내면에서 솟구치는 힘이 다른 어떤 위력보다도 세고 간절할 때 감행한다. 말의 진실성이 드러나는 순간이다. 과거를 말하는 듯하지만 현재와 미래가 모두 연루되는지라 시간을 초월한다. 그래서 고백은 성스럽다.

문득 자신이 동성애자라고, 우울증을 심하게 앓고 있다고, 아버지의 가정폭력으로 집안이 풍비박산이 났다고, 신내림을 받았다고, 어릴 때 부모가 이혼해 엄마랑 살고 있다고 '씩씩하게' 고백하던 학생들 모습이 겹쳤다. 다행히 나는 국가가 아닌지라, 그들의 말에 별다른 가치 판단이나 지침을 내릴 자격도 필요도 없었다. 그저 밥 한 그릇, 술 한잔 같이하는 게 전부다.

그 고백이 국가를 향할 때가 있다. 비난과 낙인의 위험을 감내하고 최대의 용기를 내어 국가에 말을 거는 개인이 늘고 있다. 성전환 수술 후에도 군에서 계속 복무하기를 희망했던

변희수 하사의 고백을 대하는 국가의 태도는 역시나 비루했다. '불허, 나가!'라고 매몰차게 쏘아붙였지만, '전례'를 찾지 못해 갈팡질팡하는 모습이 그려진다. 국가는 과거에 매달렸다. 법과 규정이 아닌 진실의 힘으로 말하지 못했다. 국가는 이번 '첫' 사례 앞에서 군인(사람)의 의미를 확장할 절호의 기회를 놓쳤다. 결국 그는 스스로 목숨을 끊었다.

고백하는 국가는 고백하는 개인들의 눈물 없이는 불가능한 꿈인가 보다.

죄송하지만

감정을 싣지 않고 말하기도 어렵지만, 감정을 싣지 않고 듣는 건 더 어렵다. 무술을 배우기 시작하고 얼마 안 지나 독일계 캐나다인인 샤론은 내 눈을 쳐다보며 당장 손톱을 깎으라고 말했다. 손톱이 길면 수련 중에 상대방에게 상처를 줄 수 있다는 것이다. 타투 예술가인 보리아는 나를 던지다가 내 안경이 바닥에 떨어지자 사과는커녕 다음 시간부터는 안경을 고정시킬 줄을 구해 오라고 했다. 그들은 관계의 깊이보다는 내용 자체(메시지)를 얼마나 정확하게 표현하느냐에 집중했다. 잘 모른다고 우회하지 않고 단도직입적으로 말했다.

한국처럼 배려하기와 눈치보기가 뒤엉킨 사회에서 사람들은 할 말을 제대로 못 한다. 위력을 앞세운 막말은 난무하지만 힘의 차이를 뛰어넘는 '평등한 말하기'란 어렵다. '이렇게 말하면 상대방이 어떻게 생각할지' 걱정부터 한다. 말을 꺼낼지 말지부터 고민이니, 애써 말을 꺼내도 말을 휘휘 돌리게 된다. 엉겁결에 튀어나오는 말이 '죄송하지만'이다. 관계에 기름칠하는 말이다. 공공장소에서 심하게 떠드는 사람에게 "죄송하지만, 조용히 해주세요"라고 한다. 건질 게 하나도 없는 말을 듣고도 "말씀 잘 들었습니다"라는 빈말을 한다.

‘죄송하지만’으로 말을 시작한다는 건, 역설적이게도 우리가 세운 사회질서와 사회적 삶이 태생적으로 취약하다는 걸 보여준다. 나의 말걸기가 ‘정상적인’ 기존 질서를 방해하는 게 아닐까 걱정할 때마다, 한국어라는 언어생태의 보수성을 거듭 확인하고 우리 사회의 불안전성을 절감하게 된다. 사회적 안전함이 단도직입적 말하기를 가능하게 한다.

얼음사전

반가웠다. 2012년 우리 학교 학생 몇이 청원을 했다. '연애, 사랑, 애인'의 뜻풀이가 '남녀, 이성'으로 제한되어 성소수자의 인권을 무시하니 개정하라고 요구했는데 덜컥 받아들여졌다. '사랑: 어떤 상대의 매력에 끌려 열렬히 그리워하거나 좋아하는 마음.' 하지만 그 일은 2년 만에 뒤집혔다. 국립국어원은 동성애를 반대하는 개신교도들의 항의를 냉큼 받아들여 '어떤 사람' 또는 '두 사람'을 '남녀'로 되돌렸다. '사랑: 남녀 간에 그리워하거나 좋아하는 마음.'

철 지난 얘기를 꺼내는 건 이 뜻풀이가 다시 바뀔 가능성이 별로 없어 보여서다. 종이사전의 퇴보와 인터넷 사전의 등장은 새로운 사전 출판을 어렵게 했다. 2000년대 후반부터 출판사마다 사전편찬실을 해체했다. 한국적 비극은 국가가 만든 《표준국어대사전》이 사전 시장을 시쳇말로 다 '먹어버렸다'는 사실이다. 이제 이 사전은 말과 관련된 일을 하는 사람에게 '표준사전 가라사대'처럼 하나의 '경전'이 되었다.

사전의 개성은 뜻풀이에 있다. 뜻풀이로 사전은 경합한다. "남녀가 서로 그리워하고 사랑함"(《표준국어대사전》)과 "상대방을 서로 애틋하게 사랑하여 사귐"(《고려대한국어사전》)이 다퉈야 한다. 뜻풀이 속에 현실의 다양성을 최대한 포용하느냐 그러지 않느냐가 드러난다. 그런데 우리는 그 자리에 '규범'이라는 법관을 앉혀놓았다. 태생적으로 법(국가)은 몸이 무거우며 무미건조하고 무색이며 몸을 사린다. 일본에서 가장 많이 팔린 《신메이카이 국어사전》에는 장난기 넘치게도 '연애'를 "둘만이 함께 있고 싶으며 가능하다면 합체하고 싶은 생각을 갖지만 평소에는 그것이 이루어지지 않아 무척 마음이 괴로운 상태"로 풀이한다. 우리는 얼음사전에 갇혀 살고 있다.

말끝이 당신이다

999 대 1

어떤 언어든 반드시 표시해야 하는 게 있다. 프랑스어는 모든 명사에 남성, 여성 중 하나를 꼭 표시해야 한다. '사과'는 여성, '사과나무'는 남성. '포도'는 남성, '포도나무'는 여성. 독일어는 남성, 여성, 중성 셋이다. '태양'은 여성, '달'은 남성, '소녀'는 중성! 이곳 사람들은 명사에 성 표시하기를 피할 수 없다. 페루의 어떤 원주민은 과거를 최근 한 달 이내, 50년 이내, 50년 이상 등 세 가지 기준으로 나눠 쓴다. 셋 중 하나를 반드시 골라 써야 한다.

이렇게 반드시 표시해야 하는 요소들은 어릴 때부터 마음의 습관으로 자리 잡는다. 한국어에서는 단연 '높임법'. 만만하면 반말, 두렵다면 높임말. 위아래를 항상 따져 묻는 사회, 위계 표시가 습관인 언어다.

하지만 사회적 다수가 쓴다는 이유로 습관처럼 잘못 자리 잡은 것들도 많다. 이런 말들도 무조건 반사처럼 자동으로 튀어나온다. 의식하면 알아챌 수 있고 다른 언어를 쓰는 의인을 만나면 고칠 수도 있다. 책 한 권 써서 출판하는 수업에서 있었던 일이다. '애인'을 주제로 책을 쓰겠다는 남학생을 예로 들면서 '여친'이라고 부른 것이 문제였다. 한 학생이 내게 꾸짖기를, "당신은 그 단어가 자연스럽게 떠올랐겠지만 성소수자들은 '남자의 애인'을 곧바로 '여친'으로 치환하는 게 매우 불편하다. 999명에게는 자연스러운 '추리'지만 한 명에게는 '배제'의 말이다. 그런데 우리에게는 그게 일상이다. 일상언어는 매 순간 우리를 소수자라고 확인시켜준다."

말에 반드시 표시해야 할 건 의외로 적을 수도 있다. 대부분은 통념과 편견일 것이다.

의미의 반사

의미는 팔랑귀다. 시시때때로 변한다. 의미는 사전에 실린 뜻풀이가 아니다. 머릿속에 고정되어 있지도 않다. 말과 세계 사이도 헐겁다. 그 사이를 사람들끼리의 상호작용과 사회적 실천이 채운다. 그래서 의미는 가변적이고 사회적이다.

검찰 개혁에 비판 게시글을 쓴 검사에게 "이렇게 커밍아웃해주시면 개혁만이 답입니다"라고 한 장관의 말이 구설에 올랐다. 글쓰기 선생 눈에는 문장이 어색한 게 먼저 눈에 들어왔지만(뭔 말이지?), 사람들에게는 '커밍아웃'이란 말이 문제였다. 이 말이 반복되어 쓰이자, 성소수자 단체와 진보정당에서 "커밍아웃이 갖는 본래의 뜻과 어긋날뿐더러 성소수자 인권운동이 걸어온 역사성을 훼손하는 일"이라는 성명서를 내기도 했다.

하지만 어쩔 수 없다. 의미는 저작권을 주장할 수 없다. 소수자의 희생과 저항의 역사가 담긴 언어도 예외일 수 없다. 오용이나 퇴행이라고 볼 필요가 없다. 소수자들도 자신을 향한 혐오 발언을 낚아채서 그대로 돌려줌으로써 발언의 효과를 없앴다. 밤에 돌 씹히듯 들리겠지만, '이게 나라냐?'라는 구호를 빼앗아 '(그럼) 이건 나라냐?'라고 되받아친다. 자신에게 유리한 의미를 퍼뜨리기 위해 열심히 투쟁 중이다.

벽에 박아놓은 못처럼 의미를 고정시켜놓을 수 없다. 멋대로라는 뜻도, 그냥 놔두라는 뜻도 아니다. 사람들은 자신의 경험, 지식, 신념, 취향, 계급, 이해관계를 바탕으로 말에 의미를 부여한다. 그래서 말은 이 모든 의미투쟁의 결과물이자 정치사회적 윤리의 문제와 닿아있다. 의미는 팔랑귀지만 귀가 밝다.

차별금지법과 말

수영 강사가 가장 가르치기 고약한 학생은 수영을 할 줄 아는 사람이다. 새로 배우기보다 이미 몸에 밴 동작을 고치는 게 훨씬 어렵다. 말도 그렇다. 정의당 장혜영 의원이 포괄적 차별금지법 제정을 촉구하고 공감대를 넓히기 위해 '#내가이제쓰지않는말들' 프로젝트를 진행했다. '한때 쓰기도 했고 여전히 쓸 수도 있지만, 이제는 여러 윤리적인 이유로 쓰지 않는 말들'을 공유하자는 취지다.

'확찐자, ○린이, ○○다움, 미성숙, 상남자, 장님, 벙어리, 병맛, 여배우, 아줌마, 정신연령, 암 걸릴 뻔했다, 어린애같다, 여자같다, 사춘기냐, 이래서 애는 엄마가 키워야 해'처럼 다양하다. '건강하세요'나 '투병(鬪病)' '성적 수치심' '결정장애'는 생각지도 못했던 예다. 신분증을 받고 음성해설 기기를 빌려주는 알바를 한 청년은 한 어린이한테 '신분증이 있어야 하는데, 부모님과 같이 왔냐'고 물었다가 보육원 교사와 함께 온 걸 알고, 그때부터 부모 대신 보호자나 어른이라는 단어를 쓰게 됐다고 한다.

차별금지법은 성별, 연령, 장애, 성적 지향, 인종, 종교 등을 이유로 한 모든 차별과 혐오를 금지하는 평등법이다. 법 제정을 주장하는 이들이 '말'의 문제를 함께 다루는 것 자체가 의미심장하다. 차별은 법 이전에 말과 닿아있는 낱낱의 삶과 경험의 영역에서 일어난다. 차별은 날마다 무의식적이고 비의도적으로 관철된다. 가장 흔한 흉기가 말이다. 그러니 내 말에 대한 관찰과 발견의 과정이 필요하다. 차별과 혐오가 그랬듯이 '모두를 위한 평등'도 말에서 출발한다.

그래서 어쩌라고

'그래서 어쩌라고'. 타협이 아닌 파국의 선택. 한 줌의 여지나 온기도 담지 않고 날리는 회심의 카운터펀치. 싸늘하다. 기병대처럼 옥죄어오는 상대의 논리를 이 말 한 방이면 단숨에 날려버릴 수 있다. '그래서'라는 접속사로 받아주는 척하다가 '어쩌라고?'라는 물음으로 대화는 끝. 상대방에게도 뾰족수가 없고 그저 자기 생각을 강요하고 있을 뿐이라는 걸 알려주는 신호.

논리를 비논리로 종료시키는 게 가장 큰 특징이다. '논리'는 인과관계의 문제다. 벌어진 사건의 원인을 어딘가에서 찾아 이어붙일 때 '논리'가 생긴다. 사람들이 찾는 원인은 자연법칙이 아니라 사회적 상식이나 억견, 편향, 수지타산을 반영한다. '그래서 어쩌라고'라는 말이 갖는 힘은 이런 인과관계를 비슷비슷한 다른 인과관계로 대체하지 않고, 인과관계 자체를 싹둑 잘라 땅바닥에 패대기쳐버리는 급진성에서 나온다. 역사와 경험의 축적물이든, 고결한 사유에서 나온 것이든 '당신 논리는 똥'이라고 야유한다. 당신의 때 묻은 주장에 동의하지 않는다. 내 방식을 바꿀 생각이 없으니 꺼지라.

처세술이나 정신 승리법이 아니다. 만인에 의한 만인의 미디어가 난무하고 진실보다는 진영의 목소리가 더 크게 들리는 이 찢어진 세계에 휩쓸리지 않기 위한 방편이다. 어른이 없고 세대는 단절되고 소문은 난무하되 공통의 감각과 인식은 옅어진 시대에 자신을 지키고 옹호하는 말. 부모든, 친구든, 역사든 무엇이든 의심하겠다는 주체 선언.

물론 이 말을 밥 먹듯이 하다간 전후좌우 가로세로를 분간 못 하는 사람이 될 수도 있다. 예리한 칼일수록 자신을 벨 수도 있는 법.

예쁜 말은 없다

한심하게도 나는 아내와 말다툼을 할 때마다 입을 꾹 다문다. 내 잘못이라 달리 변명할 말이 없기도 하지만, 무엇보다 차별의식이 배어있어 그렇다. 이런 사람들이 경기 내내 얼굴을 감싸고 웅크린 권투선수처럼 입을 닫아버리는 것이다. 잔뜩 웅크리고 있던 내가 반격의 찍소리를 하게 되는 경우는 열에 아홉, 내용보다는 말투가 귀에 거슬릴 때다.

타인에게 '예쁘게 말하라'고 요구하는 상황이 대부분 그렇다. 그런데도 우리는 말 자체에 '곱고 예쁜 말'이 있다고 착각한다. 예쁜 말은 '검기울다, 길섶, 싸라기눈, 애오라지, 잠포록하다, 푸서리, 해거름'처럼 한자어나 외래어가 아닌 '순수한' 고유어의 이미지와 닿아있다. 하지만 생각해보면 '예쁜 말'이 무엇인지 정의하기가 쉽지 않다. 왜 고유어는 예쁜 말이고 한자어나 외래어는 예쁘지 않은가? 우리의 정서를 잘 담고 있어서? 어감이 좋아서? 그런 정서와 감각은 모두 같을까? 말뜻이 잘 통하고 더 많은 이를 포용하는 말이라면 무엇이든 '예쁜 말' 아닐까? 예쁜 말은 따로 없다.

더구나 대화 장면에서 '예쁜 말 하기'는 예쁜 낱말을 골라 쓰라는 뜻이 아니다. '아무리 옳은 말이라도 말 예쁘게 합시다' '예쁘게 말하면 다 들어줄 수 있다'는 말은 대화 내용에 대해서는 '할 말 없음!'이지만 대신 내가 그어놓은 선을 넘지 말고 고분고분 말하라는 이율배반의 뜻이다. 동등한 위치가 아님을 다시 확인시켜주는 신호이자 자신은 한 치도 움직이지 않고 있다는 자백이기도 하다. 적어도 섣달그믐까지는 예쁘게 말하라는 말을 하지 않겠다.

말끝이 당신이다

계집과 여자

 습관은 무섭다. 한자 '女'를 '계집 녀'라고 배워서 아직도 이 글자를 보면 '계집'이란 말이 튀어나온다. 초등학생용 한자책을 보니 이제는 '여자 녀'로 바뀌었다('어미 모' '아비 부'도 '어머니 모' '아버지 부'로 바뀌었고, '지아비 부'도 '남편 부'라 한다). '계집'을 '여자'로 바꾼다고 성차별이 해결되는 건 아니지만, 시대 변화를 반영하고 차별 극복 의지 정도는 보여준다. 배제가 아닌 평등의 뜻풀이가 필요한 이유다.

 말 나온 김에 《표준국어대사전》 뜻풀이에 '계집'이란 말이 들어간 단어를 찾아보았다. 사전 만들 당시 성차별에 대한 감각이 부족했음을 알 수 있다. '노비: 사내종과 계집종' '더벅머리: 웃음과 몸을 팔던 계집' '뜬색시: 바람난 계집' '민며느리: 며느리로 삼으려고 관례를 하기 전에 데려다 기르는 계집아이' '본서방: 샛서방이 있는 계집의 본디 남편' '여우: 하는 짓이 깜찍하고 영악한 계집아이' '요부: 요사스러운 계집'. 세상은 바뀌는데 사전은 제자리걸음이다. '계집'을 모두 '여자'로 바꾸면 훨씬 현대적(!)일 것이다.

 '사내'도 마찬가지라고 하겠지만, 엄연히 둘은 위계가 다르다. '사내'는 "'남자'나 '남편'을 이르는 말"이지만, '계집'은 "'여자'나 '아내'를 낮잡아 이르는 말"이다. 낮잡아 본다는 것은 시선의 높낮이가 있다는 뜻일 텐데, 그 차이를 줄이는 게 말의 진보다('사내'도 '남자'로 바꾸는 게 낫다).

사전 뜻풀이 파일을 열고 '계집'을 '여자'로 '모두 바꾸기' 하면 되는데 이 쉬운 걸 안 한다.

효녀 노릇

‘효자, 효녀’ 같은 뻔한 반대말도 맥락에 따라 쓰임새가 달라진다. 어떤 분야에서 큰 도움이 되는 역할을 빗대어 ‘효자 노릇’이라 하지 ‘효녀 노릇’이라 하지 않는다. 힘이 센 ‘효자’에게 대표 자격을 주었다.

‘코로나로 망친 섬유 수출, 마스크가 효자 노릇’ ‘소방 드론, 화재 현장서 효자 노릇’ ‘코로나로 주목받는 김치, 수출 효자 노릇 톡톡’처럼 성 중립적인 ‘마스크, 드론, 김치’도 모두 ‘효자’로 비유된다. 이런 남성 대표어가 여성 영역까지 대표하면 야릇해진다.

코로나로 아이들이 집에 있는 시간이 많아졌다. 아이들이 인터넷이나 게임에 빠져 지내는 게 싫은 부모들이 딸들에게는 인형을 많이 사주었다고 한다. 그 여파로 바비 인형 매출이 급등했다. 신문에서는 “바비 인형이 해당 업체의 제품 중 가장 많이 팔리며 효자 노릇을 톡톡히 했다”고 보도했다. 일부 커뮤니티에서는 ‘아름다운 여성 = 마른 백인 여성’이라는 인식을 심어준 바비 인형이 다시 잘 팔린다는 소식도 탐탁지 않은데, 그마저 ‘효녀 노릇’이 아닌 ‘효자 노릇’이라고 하니 더 분통을 터뜨렸다. 그러고 보니 9회 연속 올림픽 금메달을 따도 여자 양궁은 여전히 ‘효자 종목’이고, 화장품을 팔든 란제리를 팔든 수익률만 높으면 다 ‘효자 종목’이다.

반면에 '효녀 노릇'은 제자리다. 부모 섬기는 일을 넘어서지 않는다. 비유적 쓰임에서도 성 역할의 낙차를 느낀다. 말에는 사회적 무의식이 담겨있어서 곱씹지 않으면 알아차릴 수 없다. 글 제목을 '효녀 노릇'이라 달아 '효녀'의 의미가 약진하기를 바라는 얕은꾀를 쓴다.

허버허버

"반대말이 없는 단어를 찾고 있어." 시인이 말했다. 기발하고 '기특한' 상상이다. 나는 그를 '기특하다'고 했는데, 아마 당신은 그가 나보다 어린가 보다고 짐작할 것이다(실은 한참 위). 반대로 한 학생이 나를 '똑똑하다'라고 평하는 걸 보고, 맞는 말인데도(!) 기분은 상했었다. 밴댕이 소갈머리 선생은 '맹랑한 녀석'이라며 찡얼댔다. 어디에도 안 나오지만 우리는 안다. '표독스럽다' '교태를 부리다' '꼬리를 치다'가 누구를 향하는지 다 안다.

허버허버. "'남자'가 음식을 급하게 먹을 때 내는 소리나 그 모양"을 뜻하는 새말. '남자'만을 지목하기 때문에 남성혐오라는 항의가 잇달았다. 무심코 이 말을 쓴 유명 '남성' 유튜버는 "저는 절대 절대 페미니스트가 아니"라며 고해성사를 하고, 카카오톡에서는 이 말이 들어간 이모티콘을 판매 중지하면서 남성혐오 의도가 없다는 해명을 했다.

이 말의 기원이 '남자'만을 지목할지는 몰라도, 계속 그러기는 힘들 것이다. 다른 흉내말을 봐도 남녀를 구분하지 않는다. 깔짝깔짝, 깨지락깨지락, 꼭꼭, 오물오물, 우걱우걱, 질경질경, 쩝쩝, 후루룩('냠냠' 정도가 '아이'를 가리킨다).

사람이 미우면 뭘 먹을 때가 제일 얄밉다. 게다가 '허버허버' 먹는다면 더 얄밉다. '기분 나쁘니 쓰지 말라'는 건 손쉬운 반응이긴 한데 문화적이진 않다. 반대말을 만들거나 새 의미를 덧붙여서 그 표현이 갖는 효력을 회수하는 방식이 좀 더 '기특한' 방식이 아닐지.

그래도 말에 상처받았다고 말하는 남성이 늘어난다는 건, 멀리 보았을 때는 좋은 징후다.

역겨움에 대하여

'겹다'의 옛말은 '계우다' 또는 '계오다'이다. '이기지 못하다'라는 뜻인데, 목적어를 요구하는 동사였다. '바람이 하늘 계우니'는 '바람이 하늘을 이기지 못하니', '마음을 계와'는 '마음을 이기지 못하여' 정도로 해석된다.

반면에 '겹다'는 형용사인데, '덥다, 좋다'처럼 뜻이 선명하지 못하여 '복에 겹다, 흥에 겹다'처럼 다른 말을 취하고 나서야 뜻이 잡힌다. '겹다'가 들어간 말은 어떤 기준을 초과하거나 견디기 어려운 상태를 뜻하는데, 낯가림이 심해 그리 많지도 않다. '눈물겹다, 역겹다, 정겹다, 흥겹다, 힘겹다.' 이들 말은 모두 어떤 대상이나 상황에 대한 긍정이나 부정의 주관적 감정을 드러낸다.

'역하다'만으로도 구역질이 나고 메스꺼운 느낌인데, '역겹다'는 거기에 '겹다'까지 겹쳐 부정적인 느낌이 극대화된다. 역겨운 생선 비린내나 시궁창 냄새를 맡으면 토할 것처럼 헛구역질이 나온다. '역겨움'은 의지적이지 않다. 냄새를 맡자마자 자동적으로 나오는 몸의 반응이다.

이 말을 사람에게 쓰면 그 순간 상대는 상종 못 할 인간, 악마적 인간, 위선적 인간, 냄새나는 인간이 된다. 대화는커녕 길에서 마주치기도 싫다. 역겨움의 감정은 이성이 마비되고 판단이 중지된 상태이다. 나도 이런 감정에 자주 빠진다.

복잡한 세상을 선악의 구도로 보게 만드는데, 개미지옥에 빠진 듯 여기서 헤어나기가 쉽지 않고 무엇보다 자기 자신을 망가뜨린다. 당신에게 역겨운 존재는 누구인가? 그게 개인이어도 문제지만, 특정 집단을 향할 때는 더욱 문제다. 그게 쌓이면 혐오가 난무하는 아수라장이 된다.

말끝이 당신이다

고양이 살해

최신판 사전도 요동치는 말을 다 붙잡지 못한다. '살해'는 '사람'을 죽일 때 쓰는 말인데, 이제는 동물에게도 쓴다. '엽기적인 고양이 연쇄 살해' '길 잃은 강아지 잔혹 살해'. 동물의 인간화다. 동물에 대한 태도 변화는 말에도 흔적을 남긴다. 개 주인, 고양이 주인이란 말은 자리를 잃고 '엄마, 아빠'와 '아이'라는 직계존비속 관계로 바뀌었다. 나는 '개 아빠'고 직업은 '집사'다.

고양이 관련 말은 특히 다채롭다. 행동(하악질, 골골송, 꾹꾹이, 식빵, 냥모나이트), 생김새(양말, 젤리, 짜장, 카레, 고등어, 젖소), 배변(감자, 맛동산), 성장 과정(꼬물이, 아깽이, 캣초딩) 등 그들과 밀착해있어야만 만들 수 있는 단어들이 많다. 묘생(인생), 묘연(인연), 묘춘기(사춘기), 미묘(미모), 개묘차(개인차) 같은 말도 경쾌하다.

그사이 반려동물의 세계는 '펫코노미'라는 이름의 독립 시장으로 성장했다. 시장은 새로운 말의 자궁이다. 시장은 음식, 영양제, 장난감, 의류, 교육, 보험, 병원, 장례 등 '요람에서 무덤까지' 의식주, 생로병사의 모든 단계에 촘촘히 대응한다. 동물 유기와 함께 걸핏하면 살처분당하는 가축 등 차별과 배제의 영역이 엄존하는 것도 인간세계와 거울처럼 닮았다.

가난한 노동자들이 자신보다 애완고양이를 더 좋아하는 부르주아에게 반격을 가하려고 '고양이 대학살' 사건을 일으킨 게 18세기였다. 이제 고양이는 장난감에서 인간의 친구로 바뀌었다. 고양이의 죽음을 '살해'라고 말하는 우리는 생명 존중의 세계에서 살고 있는 것일까?

말끝이 당신이다

불교, 경계를 넘다

세상은 '아사리판'. 한 번도 '주인공'으로 살아본 적 없는 '건달'은 하는 일 없이 주변에서 '걸식'을 하며 살았다. 어느 날 '성당'처럼 지은 '교회'가 눈에 들어왔다. 유리창에 얼굴을 붙이고 안을 기웃거렸다. '육안'으로도 사람 그림자가 보였다. '장로'를 중심으로 '신도'들이 '공부'를 하고 있었다. '탐욕'과 '아집'이 어떻게 '세계'를 '타락'의 '나락'에 빠뜨리는지를 다루고 있었다.

현관문을 두드렸다. '집사'가 문을 열었다. 그는 다짜고짜 '곡차'를 내놓으라고 윽박질렀다. 집사는 '난처'해하면서 교회 앞 '식당'에서 '점심'을 먹자고 했다. 배고픈 '내색'은 하지 않고 '무심히' 뒤를 따랐다. 집사가 말했다.

"우리와 함께 '예배'를 드립시다. '지옥'의 길에서 빠져나와 '천당'에서 '천사'와 함께 살듯이 '현재'를 행복하게 살 수 있습니다. 그러기 위해서는 이미 지나간 '과거'나 아직 오지 않은 '미래'에 '집착'하지 않는 게 중요합니다. 오로지 '현재' 일어난 것들을 '관찰'해야 합니다." 건달 왈, "나는 기독교 '교리'에 '문외한'이지만 '선생'의 '설교'는 마치 불교 말씀 같구려." 집사는 웃는다. "모든 건 통하니까요."

건달은 '회심'하여 그 집사를 '선생'으로 삼아 '제자'가 되었다. 그 후 '차별' 없는 '공생' 사회라는 '제목'으로 학위

를 따고 '교수'가 되어 '성자'처럼 '학생'들을 가르치며 살
았다.

  * 작은따옴표 안의 낱말은 모두 불교와 관련된 일상어다. 불교 용
    어도 산스크리트어의 음역이거나 의역이 많다. 말은 경계를 넘
    는다.

고쳐지지 않는다

문화체육관광부는 국민들이 외국어 표현을 얼마나 이해하는지 조사했더니 '신문맹'이라 할 만큼 심각하더라는 보도자료를 냈다. 60% 이상의 사람들이 이해하는 외국어가 31%밖에 되지 않고 세대 간 편차도 심했다. 60% 이상의 사람들이 이해하는 단어가 60대 이하에서는 39%인데 70세 이상에서는 7%도 안 되었다.

숨을 한번 들이쉬고 다시 보자. 당연한 결과 아닐까? 모든 세대가 외국말을 잘 안다면 그게 더 이상하다. QR코드, 팝업창, 키워드, 패스워드 등에 대해 60대 이하와 70대의 이해도 차이가 50%포인트 이상 나고, 70대의 90%가 루저, 리워드, 스트리밍, 리스펙트를 이해하지 못한다고 해서 외국어로 인한 신문맹이 우려된다는 건 과하다.

나는 글을 쓰면서 두 가지 다짐을 하고 있다. 아는 체하지 말 것(밥맛임). 중학생이 읽어도 알 수 있을 것. 쉽게 쓰려고 애쓰지만 그것이 우리말의 '아름다움' 때문은 아니다. 우리말은 더럽지도 않지만 아름답지도 않다. 말에 외국어가 뒤섞이는 현상은 좋은 일도 나쁜 일도 아니고 자연스러운 일이다. 우리 안에 들어온 외국어는 전염성이 있거나 민족정신을 빨아먹는 바이러스가 아니다.

민주 사회에서 언어순화는 불가능하다. 말은 스스로 굴러

가게 놔두는 게 상책이다. 말은 퇴행하지 않는다. 그저 달라질 뿐. 지금도 잘 굴러가고 있다. 공공언어를 인권과 평등의 차원에서 접근하는 걸 반대할 이유는 없다. 하지만 과잉된 언어 순수주의는 복잡한 언어를 옳고 그름의 문제로 단순화시킨다. 언어는 순화의 대상이 아니다. 자제의 대상일 뿐.

말을 고치려면

언어순화 정책을 비판한 앞의 글 '고쳐지지 않는다' 때문에 작은 말씨름이 붙었다. '언어는 퇴행하지 않고 달라질 뿐, 걱정도 개입도 말라'는 말에 한글운동 단체인 한글문화연대에서 '공공언어 개선 전문가 토론회—언어에 대한 개입은 정당한가'라는 주제로 맞짱토론을 제안했다. 영화처럼 '17대 1'의 상황이었다.

외래 요소로 요동치는 언어를 보는 두 관점이 있다. 하나는 쉽고 바른 우리말로 바꿔야 한다는 '개입주의, 처방주의, 순화주의', 다른 하나는 기왕 들어온 거 잘 어울려 지내자는 '자유주의, 설명주의, 기술(記述)주의'가 그것이다. 혁명가와 구경꾼의 거리만큼 둘 사이에는 장강 하나가 흐른다. 지금의 언어순화는 언어민족주의가 아닌, 언어 인권 차원에서 접근하고 있다고 한다. 즉, 공공기관의 언어만큼은 이해하기 쉬운 말을 쓰자는 취지다. 환영하는 바이다. 성과도 있다. 인정한다.

하지만 주체를 바꾸자. 말에 대한 최종 책임은 '사회적 개인'의 몫이다. 국가는 개인의 말에 대해 '맞고 틀림'을 판정할 권한이 없다. 우리의 비극은 이 권한을 아직도 국가가 틀어쥐고 있다는 점에 있다. 그 결과 언론출판계를 비롯한 시민영역에서 새로운 개념이나 다양한 번역어를 유통·경합시키고 어느 하나로 모아가는 '말의 발산과 수렴'의 장마당(언어시장)이 사라져버렸다.

(공무원을 포함한) 모든 개인은 더 소통력 있고 평등한 언어를 구사하려고 애써야 한다. '쉬운' 한국어는 단어가 아닌 글쓰기나 말하기 역량의 문제다. 이런 '언어 감수성'을 기르려면 책을 읽고 글을 쓸 시간이 필요하다. 언어에 대한 문제가 실은 언어 밖의 문제인 셈이다.

말의 바깥

1일 3교대 노동자는 '갑반, 을반, 병반' 중 하나에 속해 일한다. 갑을은 일하는 순서다. 60갑자에서도 갑을은 시간의 순서다. 하지만 순서는 쉽게 우열로 바뀐다. 야구에서는 점수 내기 쉬운 3루가 1루보다 낫지만, 그 외에는 1등, 1등석, 1등급이 더 좋다. '갑'은 먼저 들어가고 좋은 자리에 앉고 목소리가 높으며 호탕하게 웃는다. '갑을관계'나 '갑질'이란 말은 서열과 위계를 뜻하는 사회학 용어가 되었다.

이럴 때 말을 바꾸려는 시도를 한다. 예전에 아파트 주민들과 경비원들이 자신들은 대등한 관계라면서 근로계약서를 '동행 계약서'로 바꿨다. '동행 조례'나 '갑을 명칭 지양 조례'를 제정한 지역도 있다. 헌법 개정안에는 '근로'를 '노동'으로 수정하여 노동의 주체성을 강조했다. '근로자, 근로기준법, 근로계약서, 공공근로'를 '노동자, 노동기준법, 노동계약서, 공공노동'으로 바꿔 부르면 그런 느낌이 든다.

말을 바꿀 때 말의 바깥을 생각하게 된다. 이름과 실상이 서로 맞아야 한다. 근로가 노동이 되고 갑을이 동행이 되어도 현실이 여전히 노동을 배반한다면 실망스럽다. "정치를 한다면 이름을 바로잡겠다(正名)"고 한 공자의 발언은 그저 말을 잘 다듬겠다는 뜻이 아니다. 이름에 걸맞게 현실을 바로잡겠다는 실천의지의 표명이다. '정규직 안 돼도 좋으니 더 죽지만 않게 해달라'는 노동자들 앞에서 '갑을'을 '동행'으로 바꾸자는 '말'은 얼마나 한가한가.

말에 민감할수록 말의 바깥을 봐야 한다. 굳이 고른다면, '굴종적인 동행 관계'보다 '대등한 갑을 관계'가 낫다.

거짓말

거짓말의 기준 세 가지. 사실이 아닐 것. 자신이 믿는 것과 하는 말이 정반대임을 알고 있을 것. 상대방을 속이려는 의도가 있을 것. 이 중에서 한두 가지가 빠지면 착각이거나, 실수, 기억의 오류, 아니면 농담이나 과장이다. 속이려는 목적과 수법에 따라 위로의 거짓말, 달콤한 거짓말, 면피용 거짓말, 추악하고 악의적인 거짓말 따위가 있으려나.

좋게 보면 거짓말은 상상력이다. 누구나 하루에 200번 정도 거짓말을 한다고 한다. 나처럼 과묵한(!) 사람이라면 두 마디 중 한 마디는 거짓말인 셈이다. 거짓말을 피할 길이 없다. 모든 언어에 '만약'이라는 가정법이 있는데, 그 가정이 과거(중대재해처벌법이 제대로 만들어졌더라면), 현재(만약 우리에게 차별금지법이 있다면), 미래(만약 손실보상금을 준다면)를 넘나드는 걸로 봐서, 거짓말은 상상력의 열매다.

다행히 거짓말은 상호적이다. 말 자체로는 성립하지 않는다. 한 손으로는 손뼉을 못 치듯, 동의하고 속아 넘어가는 사람이 있어야 완성된다. 그 동의는 대부분 듣는 사람 속에 있는 크고 작은 욕망 때문이다. 채우고 싶은 무엇, 사리사욕, 심신의 안위, 명예와 권력의 획득, 인정 욕구, 또는 현실 극복 의지일 수도 있다.

요사이 절실히 느껴지는 건 이런 거다. 거짓말인 게 뻔히 보이는데, 당사자는 자신이 거짓말을 하는 걸 아는지, 아니면 그의 굳건한 신념인지 당최 모르겠다는 거다. 혹시 그의 마음속에는 외가닥의 말만 있는 게 아닐까? 갈라진 목소리가 없다면 그는 무오류의 언어를 가진 거다. 이런 사람은 사기꾼보다 무섭지만, 10원짜리 한 장보다 가볍다.

어이, 택배!

　'하나를 알면 백을 안다.' 사람은 일부분만 보고 전체를 넘겨짚는 습성이 있다. 애당초 세계를 있는 그대로 보기란 글렀으니.

　사람을 만나면 주로 얼굴을 본다. 다 보지도 않고 눈을 본다. 관자놀이나 뒤통수, 귓바퀴는 잘 안 본다. 큰 점이 하나 있으면 그걸 곁눈으로 본다(점박이). 머리 색깔이 특이하면 그걸 기억한다(노랑머리). 옷이나 장신구가 색다르면 그걸로 기억한다(저 반바지가 막말을 했어). 행동 하나만 보고 인품을 평가한다. 젓가락질이 서투르면 '저런 것도 못 하다니 볼 장 다 봤다'며 내친다. 예절이라는 게 타인에 대한 배려라기보다는 꼬투리를 잡히지 않기 위해 발달한 건지도 모른다.

　말에도 부분이 전체를 대신하는 일이 흔하다. '밥'이 모든 음식을 대신한다거나(밥 먹자!), 가수명이 노래 제목을 대신한다거나(요즘 방탄소년단만 들어), 물건이 사람을 대신하기도 한다(버스 파업).

　모르는 사람을 어떻게 불러야 할지 고민일 때가 많다. '여기요, 저기요, 아저씨, 아줌마, 언니, 이봐요, 사장님, 선생님, 어르신'. 얼마 전 택배노동자들이 택배 차량의 아파트 지상도로 출입금지를 풀어달라며 기자회견을 했다. 아파트 주민이 이들을 향해 시끄럽다며 "어이, 택배!"라고 불렀다. 전에도 '때밀이, 배달, 노가다'처럼 일이 사람을 대신하기도 했지만, 이것도 당사자가 없는 자리에서나 쓴다. 사람이 있다면 '○○ 아저씨, ○○ 아줌마'처럼 호칭을 붙인다.

호명은 누군가를 불러 세운다는 점에서 소통의 출발점이자 상대에 대한 규정이다. 그 짧은 호명 안에 당신의 품격이 담긴다.

말끝이 당신이다

3부 말의 경계

언어 체계의 경계선을 넘어서는
바로 그 순간, 말이 말다워지는 순간이다.
말 같지 않은 소리를 하라.

1도 없다

"4시가 뭐냐, 네 시라고 써야 한다." 선생님은 학생을 보면서 꾸짖었다. 말소리에 맞춘 표기가 자연스럽다는 뜻이자, 표기란 그저 말소리를 받아 적는 구실을 할 뿐이라는 생각이다. 신문에는 "7쌍의 부부 중 5쌍은 출산했고, 1쌍은 오는 10월 출산을 앞두고 있다"고 쓰여있다. 이런 기사는 읽기에 껄끄럽다. '칠쌍'으로 읽다가 다시 '일곱쌍'으로 바꾸어야 한다. 머릿속 전광판에 '7(칠)'과 '일곱'이 동시에 껌뻑거린다. 문자와 발음이 어긋나 생기는 일이다.

'하나도 없다, 하나도 모른다'를 '1도 없다, 1도 모른다'로 바꿔 말하는 게 유행이다. 표기가 말을 만들어낼 수 있다는 걸 보여준다. 한국어에 서툰 어떤 가수가 '뭐라고 했는지 1도 모르겠다'고 쓴 게 발단이었다. '1도 없다'는 한자어와 고유어라는 이중체계를 이용한다. 고유어 '하나'를 숫자 '1'로 적음으로써 새로운 말맛을 만든다. 아라비아숫자를 쓰면 고유어보다 '수학적' 엄밀성이 강한 느낌을 받는다. 예순두 살이라고 하면 삶의 냄새가 묻어있는 느낌인데, 62세라고 하면 그냥 특정 지점을 콕 찍어 말하는 느낌이다. 소주 '한 병씩'보다 '각 1병'이라고 하면 그날 술을 대하는 사람의 다부진 각오가 엿보인다. 이 책을 읽으면서 '재미가 하나도 없다'고 하는 사람보다 '재미가 1도 없다'고 하는 사람에게 더 이가 갈릴 것 같다.

　여하튼 변화는 가끔은 무지에서, 가끔은 재미로 촉발된다. 새로운 표현을 향한 인간의 놀이를 누가 막을 수 있겠는가. 미꾸라지가 헤엄치는 웅덩이는 썩지 않는다.

말 같지 않은 소리

매사를 힘의 세기로 결판내는 약육강식의 습관은 말싸움을 할 때도 마찬가지다. 상대를 반드시 '이겨먹어야' 한다는 마음의 밑바닥에는 '나는 옳고 상대는 그르다'는 독선이 깔려있다. 상대방은 뭔가 꿍꿍이가 있고 이기적이다. 내가 이겨야 정의의 승리다.

운명적 나이인 열다섯 살 아들은 랩에 몰두해있다. 본인 인생과 음악의 궁합을 맞췄는지 세상, 특히 부모에 대한 저항정신이 항일투쟁만큼 매섭다. 그런데 그가 하는 랩을 흉내라도 내볼라치면 이내 좌절한다. 그의 혀는 현란하고 민첩한데, 내 혀는 느리기만 하다. 다연발 속사포로 1초에 열두 음절을 쏴대는데, 나는 왜 세 음절 내기도 벅차냔 말이다.

어른은 아이의 퇴화다. 말소리만 봐도 그렇다. 세상 말소리는 1500개가 넘는다. 아이는 이 소리를 모두 낼 수 있다. 그러다 모어를 익힐 즈음엔 이 중에 10%도 안 남는다. 모어를 배운다는 건 90%의 소리를 내다 버린다는 뜻이다.

그래서 가끔 잃어버린 소리를 찾아본다. 아이 때 놀면서 냈던 '두구두구' 헬리콥터 소리며, '부웅, 끼익' 자동차 소리. 섬세하고 실감났다. 로켓은 '슈웅' 지구 궤도를 지나 목성에 착륙했다. '야옹야옹'을 철자대로 발음한다면 반려묘 가족 자격 미달이다. 몸살에 시달릴 때 냈던 신음소리를 떠올려보

라. 글로는 '아아아'나 '으으음' 정도일 텐데, 아픈 사람의 신음소리는 그렇게 단순하지 않다. 깊은 한숨을 쉬어보라. '후'나 '후유'로 온전히 담지 못한다. 더 놀라운 건 '스읍'이다. 보통 날숨으로 소리를 내는데, 이 소리는 들숨으로 낸다. 상대의 행동을 제지하거나 멋쩍은 상황에서 내는 소리다. 사전에도 없다.

　넬 수 없을 것 같은 소리를 내는 순간, 그래서 언어 체계의 경계선을 넘어서는 바로 그 순간 말이 말다워지는 순간이다. 체계에서 배제된 요소가 실은 구겨진 채로 체계 안에 숨어있다. 말 같지 않은 소리를 하라.

말끝이 당신이다

적과의 동침

　　인간은 게을러서 짧게 말하기를 좋아한다. 이렇게 말을 줄이는 일이 과도하여 요상한 상황을 연출한다.

　　재수 없거나 기분 나쁘게 만드는 사람을 만나면 '밥맛'이다. 밥맛이 떨어질 정도로 기분 나쁘다. 애초에 '밥맛이 있다／없다'는 음식 맛을 평가하거나 식욕의 유무를 나타낸다. '밥맛이다'가 불쾌한 감정일 이유가 없다. 그러다가 아니꼬운 사람이 나타나면 '밥맛없다' '밥맛 떨어지다'라는 말 뒤에 붙은 '없다'나 '떨어지다'를 싹둑 잘라내고 '밥맛'만으로 불쾌한 마음을 표현한다. '밥맛' 입장에서는 뒤에 붙은 서술어의 부정적인 의미마저 모두 넘겨받은 셈이다.

　　그러다 보니 한 낱말에 긍정과 부정의 의미가 동침하는 상황이 벌어진다. '잘났다'가 상황에 기대어 반대로 쓰이는 것과는 다르다. 부정의 의미를 늘 갖고 있는 느낌이다. '엉터리'도 비슷하다. '엉터리없다'는 말이 '이치에 맞지 않는다'는 뜻이라면 '엉터리'는 '이치에 맞는 행동'이어야 이치에 맞는다. 그런데도 '엉터리'와 '엉터리없다'는 뜻이 같다. '안절부절못하다–안절부절' '주책없다–주책(이다)' '싸가지 없다–(왕)싸가지'도 마찬가지다.

　　'바가지를 긁다' 같은 숙어도 한 요소가 전체 의미를 나타내기도 한다. '어디서 바가지야!' '그만 긁어!' 전체 의미를 한 낱말이 넘겨받은 것이다. '밥맛이다'는 이게 과도하게 작동한 예다. 뭔가가 '없다'는 것은 앞말 전체를 부정하는 것이라 매우 중요하다. '없다'를 지우고 부정의 의미를 앞말에 모두 넘겨주는 건 큰 모험이 아닐 수 없다. 가끔 말은 선을 넘는다.

말끝이 당신이다

짧아져도 완벽해

장바구니 하나면 여러 물건을 한 손에 들 수 있듯이, 단어도 문장이나 구절로 흩어져있는 걸 한 그릇에 담을 수 있다. 그래서 사람들은 축약 방식의 단어 만들기에 욕심을 부린다. 순간순간 벌어지는 무수한 일들을 하나의 이름으로 움켜쥐고 싶은 마음. 날아가는 새를 잡았다는 느낌. 전에 없던 개념 하나를 탄생시켜 세계를 확장시켰다는 뿌듯함. 부질없는 만큼 매력적이니 멈출 수가 없다.

문장은 단어를 나열하여 사건이나 상태를 설명한다. 단어가 많아지면 기억하기가 어렵다. '하늘이 흐려지는 걸 보니 내일 비가 오려나 보다'라는 문장을 한 달 뒤에 똑같이 되뇔 수 있을까? 이걸 '하흐내비'라고 하면 쉽다. 매번 속을 까보지 않아도 되는 캡슐처럼 복잡한 말을 단어 하나에 쓸어 담는다.

게다가 이전에 없던 개념도 새로 만든다. '시원섭섭하다' '새콤달콤하다' 같은 복합어가 별도의 감정이나 맛을 표현하듯이 '웃프다' '소확행' '아점'도 전에 없던 개념을 선물한다. '갑툭튀, 듣보잡, 먹튀, 낄끼빠빠, 엄근진(엄격 + 근엄 + 진지)' 같은 말로 새로운 범주의 행태와 인간형을 포착한다. 애초의 말을 원상회복시켜도 뜻이 같지 않다. 발음만 그럴듯하면 독립한 자식처럼 자기 갈 길을 간다. 닮은 구석이 있어도 이젠 스스로 완전체다.

언어를 파괴한다는 항의와 알아들을 수 없다는 호소가 있
지만 축약어 만들기를 막을 도리가 없다. 말이 있는 한 사라
지지 않을 것이다. 말은 지켜야 할 성곽이 아니라 흐르는 물
이다. 그러니 가둬둘 수 없다.

노랗다와 달다

한국어에 색채어가 많다고들 한다. 하지만 토종말로는 '하얗다, 까맣다, 빨갛다, 노랗다, 파랗다' 다섯 가지가 전부다. 여기에 '청색, 녹색'처럼 한자어나 '살구색, 오렌지색, 팥색'처럼 식물이나 열매 이름, '쥐색, 하늘색, 황토색'처럼 동물이나 자연물에서 온 이름이 더해졌다.

이들 다섯 가지 색에 '노랗다, 누렇다'처럼 모음을 바꾸거나, 접미사를 붙여 '노르스름' '노리끼리' '누르스름' '누리끼리'를 만든다. 접두사를 붙이면 '연노랑' '샛노랑' '진노랑'이 되고 반복하면 '노릇노릇' '푸릇푸릇'이 된다. 그런데 이들은 사실 색이 아니라 감정이나 느낌을 표현한다. 입고 있는 옷을 보고 거무튀튀하다거나 누리끼리하다고 하면 기분 나쁘다. 튀김이 노릇노릇하면 군침이 돈다. 얼굴이 누렇게 떴으면 쉬어야 하고 얼굴이 벌겋게 달아오르면 화를 가라앉혀야 한다. 맛도 비슷하다. '달다, 쓰다, 짜다, 맵다, 시다, 떫다'를 바탕으로 '달콤, 씁쓸, 짭짜름, 시큼, 떨떠름하다'를 만들어 감정이나 느낌을 표현한다.

얼핏 촘촘한 그물처럼 현실을 잘 담는 듯하다. 하지만 말은 세계의 진면목에 비해 허술하기 짝이 없다. '달다'만 보자. 사과와 배와 수박과 꿀의 맛은 다 다르다. 그럼에도 사과도 달고 배도 달고 수박도 달고 꿀도 달다고 한다. 말은 세계의 차이를 지워야만 성립한다. 개념은 차이를 단념하고 망각함으로써 만들어진다. 이를 보완할 방법이 없는가? 있다. 내 언어를 믿지 않는 것이다. 모국어를 의심하고, 좌절하는 것이다. 표현 불가능함을 집요하게 표현하는 것, 그것이 인간의 운명이다.

뒤죽박죽

'뒤죽박죽'. 여럿이 마구 섞여 엉망이 된 상태. '엉망진창, 뒤범벅, 난장판'이란 말이 함께 떠돈다.

말에는 이런 뒤죽박죽이 제한적으로 허용되기도 한다. '쏟아지는 빗물과 튀어 오른 흙탕물로 온 동네가 엉진망창이 되어 있었다.' 제대로 읽었는가? '엉진망창'을 '엉망진창'으로 읽지는 않았는지? 사람들은 글을 읽을 때 단어를 이루는 글자들을 하나하나씩 읽지 않고 한 덩어리로 읽는다. 철자가 비슷하기만 하면 아는 단어로 보고 다음 말로 넘어간다. 뒤에 흠집이 조금 있어도 눈치를 못 챈다. 글줄깨나 읽은 사람들이 더 그런다. 아는 단어일수록 더 잘 속는다. 판에 박힌 생각이 차이를 못 알아차리는 법.

외국여행 중 이용한 숙소 후기에 곧이곧대로 비판글을 올리기 뭣할 때 이런 방법을 쓴다고 한다. '카이펫랑 화실장에 바벌퀴레 엄나청게 나니옵다'라는 식이다. 첫 글자와 끝 글자는 놔두고 그 사이에 있는 글자를 뒤섞었는데 얼추 읽어 낼 수 있다. 말소리를 음절 단위로 모아써서 가능한 놀이다. 번역기를 돌려도 의미를 알 수 없던 외국인 집주인은 예약이 끊긴다거나 하는 뒤통수를 맞는다.

우리는 세상을 현미경처럼 보지 않고 어림짐작과 넘겨짚기로 바라본다. 전체 흐름과 맥락 속에 개체가 처한 상황을 이해하거나 추론한다. 거리두기로 우리가 맺어왔던 관계를 재음미하고 타인을 향한 연민과 그리움이야말로 사람다움의 길이란 걸 알아가고 있었는데, 갑자기 반칙자들이 쑥 들어와서 비난을 사기도 한다. 하나 이들도 '뒤박죽죽' 우리 이웃.

말썽꾼, 턱스크

말에도 말썽꾼이 있다. 보통 새말은 이미 있는 말을 재활용한다. '유리'와 '창'이 만나 '유리창'이 되고 '팥'과 '빙수'를 더해 '팥빙수'를 만든다. 콩 심은 데 콩 나듯 자연스럽다.

그런데 말의 말썽꾼은 낱말의 목을 댕강 잘라 다른 말의 허리춤에다 이어 붙여버린다. 이를 혼성어라 하는데, '라볶이(라면+떡볶이)' '호캉스(호텔+바캉스)' '강통령(강아지+대통령)' '브로맨스(브라더+로맨스)' 같은 말이다. 댓글이 엉망이면 '댓망진창'이고 김 씨가 엉망이면 '김망진창'이다. '턱스크(턱+마스크)' '등드름(등+여드름)' '언택트(언+콘택트)'는 앞말이 1음절이지만 뒷말의 허리를 잘라 붙였으니 같은 부류다. '짜파구리'는 혼성의 중첩. '짜파게티'가 이미 '짜장면+스파게티'의 혼성인데, 여기에 다시 '너구리'를 잘라 '짜파구리(짜파게티+너구리)'가 되었다.

약간의 규칙성도 있다. 앞말은 앞부분을, 뒷말은 뒷부분을 남겨서 붙인다. 한쪽은 머리채를 잡혔고 다른 쪽은 꼬리를 잡혔으니 몸뚱이를 숨겼어도 다 잡힌 거와 진배없다. 새말을 만드는 손쉬운 전략인지라 한 해 동안 생긴 신어 가운데 25%가 혼성어다.

문제는 혼성이 원래의 단어가 갖고 있던 존재 근거를 흔들어놓는다는 점이다. 망측하게도 쪼갤 수 없는 한 단어인 '너구리'를 잘라 '너'는 동댕이치고 '구리'만 갖다 쓰다니! 말의 입장에서는 순교다. 어원이나 질서를 따지는 분들에게는 속 쓰린 일이겠지만, 새말을 만드는 사람들은 오직 말맛이 살고 입에 착 달라붙는지가 기준이다. 이런 말썽꾼들 덕분에 사는 게 아주 심심하지는 않다.

말끝이 당신이다

자서전을 쓰십시다

500만 원. 후배는 성공한 사업가를 몇 번 인터뷰하고 나서 자서전 한 권을 '납품하는' 대필 알바를 했다. 듬성듬성 빈 곳은 공허하고 상투적인 말들로 채웠다. 자기 일을 쓸 때도 미화와 과장을 일삼는데, 하물며 거액의 알바를 시켜 만든 자서전이니 어련했겠는가.

소설가 이청준의 《자서전들 쓰십시다》를 보면, 거짓 자서전은 잊고 싶은 과거 위에 새로운 이력서를 만들어 도배를 해버림으로써 주인공을 영원한 자기기만 상태에 빠뜨린다고 한다. 이러면 과거뿐만 아니라 미래마저도 기만하게 된다. 과거 시제로 썼지만 미래에 대한 자기 암시도 하게 되어 평생 허상에서 벗어날 수 없다. 회의가 없는 자서전은 더 무섭다. 굳건한 신념 하나가 온 생을 관통하여 어떠한 자기 모순도 없는 사람의 자서전이야말로 '말로 세운 동상'일 뿐이다.

전두환은 회고록을, 최순실은 옥중 수기를 썼다지만 모두 실패한 자서전이다. 자서전은 주장이 아니라 고백이다. 스스로를 해명하려는 노력이다. 변명 비슷한 뜻으로 읽혀서 그렇지, '해명'은 자기 삶의 수치스러움과 비논리성을 풀어서 밝히는 일이다.

삶을 미화할 위험이 있는데도 자서전을 쓰는 이유는 자기 삶의 진실을 증언해줄 게 딱히 없어서다. 글은 어두운 과거를 분칠할 수도 있지만, 과거에 진실의 빛을 던질 수도 있다. 글은 좌절과 번민, 부끄러움과 헛헛함으로 처진 등짝을 곧추 세워줄 지지대다. 공허한 말로 나를 포장할지, 진솔한 말로 나를 고백할지는 당신의 몫. 말의 기만성과 말의 진실성을 넘나들 수 있는 기회. 부끄러움을 마주할 용기. 우리 자서전을 쓰십시다.

그림책 읽어주자

흔히 문자 없는 사회를 미개한 사회로 취급한다. 문자생활은 현대인에게 필수다. 문자를 통해 대부분의 지식을 알게 된다. 사건은 문자로 기록되어 시공간을 뛰어넘어 전달된다.

하지만 문자 사회에서도 문자에 기대지 않은 영역이 얼마든지 있다. 말소리, 몸짓, 노래, 구전, 그림 같은 것들이다. 사람은 태어나서 몇 년 동안 '문자 없는 시기'를 보낸다. 부모들은 아이가 빨리 글을 익혀 책을 줄줄 읽기 바라겠지만, 얻는 만큼 잃는 게 많다. 문자를 익히게 되면 세상에 대한 감각과 상상력이 눈에 띄게 줄어든다. 말소리에는 높낮이, 길고 짧음, 빠르기 등 문자가 담을 수 없는 요소들이 녹아있다. 이런 요소들은 소통에서 결정적인 역할을 한다. 문자는 말소리의 풍부한 차이를 숨기고 추상화하여 압축 건조시킨다. 문자는 말소리에 비해 진부하다.

아이에게 문자 없는 시기를 충분히 즐기게 해주는 특효약이 그림책이다. 그림책은 보는 게 아니라 소리 내어 읽어주는 책이다. 그림 위에 부모의 목소리가 얹힐 때 아이 머릿속에 이야기 하나가 펼쳐진다. 엉뚱한 생각과 질문이 많아진다. 읽어주는 사람의 고유한 억양, 높낮이, 사투리, 멈칫거림, 헛기침, 훌쩍거림, 다시 읽기, 덧붙이기 등 갖가지 독특함과 실수와 변주가 행해진다.

동영상은 화면의 흐름을 놓치지 않기 위해 딴생각을 하면 안 된다. 그림책은 그림과 그림 사이에 간격이 있어서 이 간격을 이야기와 상상력으로 채운다. 아이는, 그리고 어른은 '딴생각(상상)'을 해야 한다. 목소리에는 고정된 그림을 살아 꿈틀거리는 사건으로 만드는 힘이 있다. 그림책은 읽어주는 게 좋다.

말끝이 당신이다

국어와 국립국어원

 '국어'라는 말은 공용어인 한국어를 뜻하지만, 쓰임새를
보면 밀가루 반죽처럼 늘었다 줄였다 한다.
 '국어 실력'이라 할 때 '국어'는 '어휘력, 표준어, 띄어쓰기,
맞춤법, 어법'을 연상시킨다. '국어사전'에서 '국어'는 주로
단어들이다. '국어국문학과'에서 '국어'는 '문학'과 대칭되는
개념으로 국어학 전공을 뜻한다. 국어학자와 국문학자는 소
장수와 꽃장수만큼이나 다르다. '국문과'라 줄여 말하는 데
에는 문학의 주도권이 배어있다. 반면에 '국어 교사'가 가르
치는 '국어'는 한국어를 매개로 한 말글살이를 모두 아우른
다. 수능에서도 '국어 영역'은 '화법, 작문, 문법, 독서, 문학'
을 다 포함한다.
 따분한 말을 늘어놓는 이유는 국어 발전과 국민의 언어생
활 향상을 위한 기관인 국립'국어'원의 기능을 문제 삼기 위
해서다. 국립국어원은 문학과 대칭되는 좁은 '국어', 국어학
자들의 '국어'에 머물러 있다. 국어기본법에 실린 '국어 능력'
은 '국어를 통하여 생각이나 느낌 등을 정확하게 표현하고
이해하는 데 필요한 듣기·말하기·읽기·쓰기 능력'이다. 그
야말로 '문해력(리터러시)'이다. 말귀를 알아듣는 역량이자
타인의 세계를 이해하는 능력이다. 글의 내용에 자신의 경험
과 배경지식을 연결시켜 추론하고 질문할 수 있는 능력이다.

문해력을 사회적 과제이자 교육정책으로 대할 필요가 있다. 지금처럼 중간지대나 숙려기간 없이 진영과 세대로 갈려 대립하는 소통 환경에서는 문해력 격차 해소와 공공성 확보가 더욱 절실하다. 국립국어원은 문해력 증진 기관이다.

말끝이 당신이다

한글날의 몽상

한글날이 답답하다. 물론 한글이라는 문자의 과학성은 탁월하다. 간결함에서 오는 아름다움은 예술 분야에서도 입증되었다. 하지만 사람들이 한국어를 대하는 태도를 보면 해방 전후의 언어민족주의에서 달라진 게 없다. 언제 병들지 모르는 연약한 존재로 언어를 보는 태도. 외부의 공격을 막고 내부 혼란을 응징하기 위해 법을 굳건히 지켜야 한다는 순결주의.

모든 사람에겐 말을 비틀거나 줄이거나 늘리거나 새로 만들어 쓸 권리가 있다. 말을 변경하는 권리야말로 구태의연한 말에 생기를 불어넣는 힘이다. 그래서 이런 한글날을 몽상한다. 한국어를 단수가 아닌 무한수로 대함으로써 단일성의 고삐를 풀어주는 날. 규범과 명령의 족쇄가 아닌 일탈과 해방의 카니발. 계급, 나이, 성정체성, 지역, 국가 따위의 이유로 차별받는 사람들의 목소리가 난만히 피어나는 날. 아이의 말놀이처럼 말의 가능성을 실험하는 날.

굶주린 사람처럼 말에 대한 감각을 키우려는 사람이 많아지면 좋겠다. 음식 맛을 100가지 다르게 표현할 수 있으면 좋겠다. 돌아가신 어머니를 밤새 얘기할 수 있는 사람이 많아지면 좋겠다. '뼈를 깎는 개혁안을 내놓으라고 했더니 손톱을 깎았다'는 신박한 문장을 만들 수 있으면 좋겠다. 한 달에 한 권 정도 책을 읽고 지인들 앞에서 한두 문장을 써먹을 수 있으면 좋겠다. 여기저기 붙어있는 '금지'와 '배제'의 안내판을 포용과 환대의 언어로 바꾸어 쓸 수 있으면 좋겠다. 마치 외국어를 대하듯, 귀를 쫑긋하며 듣게 되는 말을 할 수 있으면 좋겠다. 자신만의 문체와 말투를 열망하는 한글날이 되시길.

국가 사전 폐기론

국가 사전: 민간이 아닌 정부가 펴낸 사전. 1999년 국립국어원에서 발행한 《표준국어대사전》(표준사전)을 말함(비슷한말: 관변 사전, 관제 사전).

사전 뒤에는 사전을 만든 사람이 몰래 숨어있다. 중립적 사전은 없다. 사전 편찬자의 권한은 막강하다. 어떤 단어를 선택하고 배제할지, 그 단어를 어떻게 정의할지를 결정한다. 그 권한을 국가가 독점하는 것은 시대착오적이고 위험하다.

국가 사전을 없애자고 하면, 사전 출판 현실을 모른다고 타박하거나 말글살이에 대혼란이 올 거라고 겁을 낸다. 기왕 만들어놓은 걸 왜 없애냐고 한다. 시민의 힘으로 권력을 교체할 만큼 사회적 역량을 갖춘 한국 사회는 유독 사전 앞에만 서면 작아진다. 국가란 본질적으로 명령의 집합체이자 일방적 힘을 행사하는 장치다. 국가 사전은 그 자체로 명령과 통제의 언어이다. '다른 해석'을 허락하지 않는다. 다양성은 사라졌고 사람들은 이제 '표준사전'만 검색한다.

사전은 언어를 바라보는 다양한 철학과 기준들로 서로 경합해야 한다. '복수'의 사전이 계속 나와야 한다. '지원은 하되 간섭은 하지 않는다'는 문화 예술 정책의 기조는 사전 영역에도 고스란히 적용되어야 한다. 사전을 낼 만한 역량을 갖춘 출판사나 대학, 전문가 집단 몇 곳에 10년짜리 예산 지원을 해보라. 창고에 묵혀두었던 사전 원고를 다시 꺼내고 사람들이 자주 쓰는 말들을 찾아나서 각자의 색깔과 향기에 맞는 사전을 만들 것이다. 그러다 보면 엄청나게 다양한 일본어 사전 못지않은 사전들을 보게 될 것이다. 국가 사전은 폐기되어야 한다.

말끝이 당신이다

맞춤법을 없애자(1)

그동안 어문 규범은 근대 국가 성립 과정에서 말과 글에 일정한 질서와 공통성을 부여해주었다. 이제 그 역할을 다했으니 놓아주자. 근대의 성과를 디딤돌 삼아 한 단계 올라서려면, 성문화된 맞춤법, 표준어 규정을 없애야 한다.

어문 규범을 없앤다고 혼란에 빠지지 않는다. 어문 규범은 이미 뿌리내렸다. 올바르게 철자를 쓰라는 요구는 이제 문명인의 '최소' 기준이자 사회적 장치다. 학교 교육, 다양한 미디어 환경, 공공언어 영역은 언어의 공통성을 유지하는 버팀목이다.

우리는 늘 판결을 기다린다. '어쭙잖다'는 맞고 '어줍잖다'는 틀리다는 식. 반면, 영어에서 '요구르트'를 'yogurt' 'yoghurt' 'yoghourt'로 쓰지만 큰 문제가 안 된다. 어문 규범을 없애면 다양한 철자가 공존하게 된다. '마르크스'와 '맑스', '도스토옙스키'와 '도스또예프스끼'를 보고 '이렇게도 쓰나 보군' 하며 넘어갈 수 있다. 사회적 분노 지수를 낮추고 다양성에 대한 포용력이 생긴다.

불문율이 언어의 본질에 맞다. 말에는 사회성과 함께 역사성이 뒤엉켜 있다. 그래서 늘 애매하다. 강조점에 따라, '닦달'을 쓸 수도, '닥달'을 쓸 수도 있다. 말에 대한 의견 불일치의 유지와 공존이야말로 말에 대한 상상력을 촉발한다. 야구에

서 '9회에 10점 이상 이기고 있는 팀은 도루를 하지 않는다'
고 법으로 정해놓았다면 얼마나 재미없겠나. 성문법을 없애
야 지역, 사람, 시대에 대한 관심이 살아난다. 말의 민주화와
사회적 역량 강화는 성문법의 폐지에서 시작된다. 꿈같은 얘
기일지도 모르겠지만.

말끝이 당신이다

맞춤법을 없애자(2)

성문화된 맞춤법을 없애자고 하면 말의 질서를 망가뜨리는 무책임한 발상이라고 지적하는 사람이 많다. 하지만 구구단을 다 외웠으면 벽에 붙여놓은 구구단표를 떼어내야 한다. 현대적 말글살이를 위해 한 걸음만 내딛자.

성문화된 규범이 없어도 표기의 질서는 쉽게 흐트러지지 않는다. 성문법이 없는 절대다수의 언어가 이를 보여준다. 한글 맞춤법은 공통어의 형성이라는 근대 민족국가 건설의 과제와 일본 제국주의의 언어말살 정책에 맞서 민족 정체성의 확립이라는 과제가 겹친 시기에 제정되었다. 변변한 사전도 없고 합의된 표기 방법도 없던 상황에서 이룬 커다란 성취다.

현행 맞춤법의 대원칙은 '(1) 표준어를 (2) 소리대로 적되 (3) 어법에 맞도록' 쓴다는 것이다. '소리대로 적되 어법에 맞도록'이라는 원칙은 상황에 따라 달리 적용되어 우리를 괴롭히지만, 다른 표기 방안보다 여러모로 낫다. '갓흔(같은)' '바닷다(받았다)'처럼 소리 나는 대로 적자던 조선총독부의 '언문철자법'(1912)이나 이승만의 '한글 간소화 방안'(1954)에 비하면 한국어의 특성을 합리적으로 반영한 것이다.

그 결과 맞춤법은 한국어를 표기하는 독보적 원리로 정착되었다. 문화적 무의식으로 자리 잡았으며 공적 영역을 유지하기 위한 실천적 습관(아비투스)이 되었다. 다음 세대에서도 유지될 것이다. 이미 문법적 역사성과 정당성을 확보했으니, 성문화된 맞춤법을 없앴다고 질서가 크게 망가지지는 않는다. 그러니 겁내지 말자. '꼿밧에 안자 잇는 옵바(꽃밭에 앉아있는 오빠)'라고 쓴 책이 팔리겠는가.

맞춤법을 없애자(3)

"오랫동안 투정을 부려 '짜장면'이 표준어가 되었다. 우리 '쭈꾸미'도 표준어로 인정받기 위해 상소문을 올리자!"('쭈꾸미'는 비표준어) 가짜 소설 〈쭈꾸미〉의 한 대목이다.

정상적인 국가라면 정해진 원칙을 유지하고 적용하려고 한다. 만 18세에서 하루라도 모자라면 투표를 할 수 없다. 이게 국가 행정의 특징이다. 일관성! 이 원칙을 말에도 적용해 왔다. 하지만 원칙의 뒷배가 든든하지 않다. '예컨대'가 맞나, '예컨데'가 맞나? '예컨대'가 맞다. 이유는? 옛날부터 그렇게 썼으니까. '비록 나이는 어리지만서도'에 쓰인 '-지만서도'도 비표준어다. 이유는? 자주 안 쓰여서. '널판자, 널판때기, 널빤지'는? 모두 표준어. 다 자주 쓰여서. '겨땀'은 비표준어다. '곁땀'이 표준어다. 이게 표준어니까!

맞춤법을 없애자는 주장은 결국 '표준어'를 없애자는 것이다. 표준어를 정하는 주체를 국가에서 시민으로 바꾸자는 말이다. 표준어에 대해 말들이 많으니 국가는 '복수 표준어'라는 묘안을 제시했다. 그 결과, 해방 이후 최고 희소식인 '짜장면'의 표준어 등극이 이루어졌다. 2011년의 일이다. 기껏해야 10년 동안 5회에 걸쳐 74개가 표준어로 바뀌었다. 말은 날아다니는데 국가는 느리다. 심의회 횟수를 늘리고, 복수 표준어를 확대한다고 해결할 수 없다. 국가가 개입하지 않는 게 답이다.

말에는 저절로 질서가 생기고 관습이 만들어지고 하나로
정착하는 기질이 있다. 사람처럼 각각의 여정과 우여곡절이
있다. 말이 모이는 곳은 한 사회의 꽃인 사전이다. 언제까지
'쭈꾸미'들처럼 왕의 교지를 기다릴 텐가.

말끝이 당신이다

'맞다'와 '맞는다'

넷플릭스 영화를 보다 보면 배우는 '맞다'라고 발음하는데 자막엔 늘 '맞는다'로 나온다. '맞다'는 무조건 '맞는다'로 고쳐 쓰라는 지침이 있는 게 분명하다.

하도 한결같아서 찾아보니, '맞다'는 동사이고 동사의 현재형에는 '-는-'을 붙여야 하므로 '맞는다'가 맞다(!)는 것. 하지만 '맞다'는 동사와 형용사를 넘나드는 존재다. 이름하여 '형용사적 동사' 또는 '형용성 동사'. 왜 이런 이름이 달렸을까? 우리가 그렇게 쓰기 때문이다.

동사는 '먹어라, 먹자'처럼 명령이나 청유형이 가능하다. 안 그러면 형용사다. '맞다'는 '(이 옷이) 맞아라, 맞자'라고 안 쓰니 형용사에 가깝다. 감탄할 때 동사는 '먹는구나'처럼 '-는구나'를, 형용사는 '춥구나'처럼 '-구나'를 붙인다. '맞다'는 '맞는구나'로도 쓰고, '맞구나'로도 쓴다. 형용사는 '와, 맛있다! 멋지다!'처럼 기본꼴로 감탄사처럼 쓸 수 있다. '맞다'도 비슷하다. 비 그친 날 버스에서 내리자마자 '맞다, 우산!', 머리 아플 땐 '맞다, 게보린!'.

'맞다'가 동사인지, 형용사인지를 따지려는 게 아니다. 이런 현상을 설명하는 방식이나 반응하는 우리의 모습이 문제다. 누군가 '이게 맞다'고 하면, 자기 입에 붙어 자연스럽게 쓰는 말을 너무 쉽게 부정하고 고친다. 이 일사불란함이 지루하다.

말은 늘 변한다. 전문가는 풍속의 감시자가 아니라, 변화를 받아 적고 설명하는 존재일 뿐이다. 고칠 건 사전이나 설명이지, 당신의 말이 아니다. 명령에 거역하라.

질문들

말은 입에 사는 도깨비다. 입을 열면 나타났다 닫으면 이내 사라지고, 사라졌다가 다시 나타난다. 상황에 따라 튀어나오는 말도 다르다. 하지만 문자는 말에 실체성과 형태를 덧입힌다. 옷을 입은 도깨비랄까. 문자와 표기의 체계는 말을 하나의 기계나 물건처럼 통일성을 갖는 실체로 만든다.

실체가 된 말은 규율이 되어 틀리면 불편해한다. 가끔 이런 이야기를 듣는다. "'감사합니다, 축하합니다'면 충분한데, 왜 '감사드립니다, 축하드립니다'라고 하나? 이치에 안 맞는데도 국립국어원에서는 '관행'이란 이유로 허용했다"며 씁쓸해한다. 방송에서 들은 '말씀 주시면'이라는 말도 거슬린다고 한다. "'꼼장어'가 표준어가 아니라고?" "'쭈꾸미'랑 '오돌뼈'도 틀렸다고?" "뭐? '겁나게'가 사투리라고?" 항의한다.

단골 복사집에서 '제본 다 되었읍니다'라고 보내온 문자를 받으면 반갑다. 나는 사람마다 말에 대한 기억과 시간의 차이에서 오는 이런 어긋남과 겹침이 좋다. '돐'이란 말도 그립지 아니한가. 북한말 '닭알'은 달걀을 다시 보게 한다.

문득 의문이 든다. 무엇이 바른가. 바르게 쓴다는 건 뭘까. 과거와 현재가 단절보다는 겹치고 뒤섞이는 말글살이는 불가능할까. 왜 우리는 하루아침에 '돐'을 버리고 '돌'을 써야만 하는 구조에 살고 있을까. 나와 다르게 쓰거나 바뀌는 말에 왜 이토록 화를 낼까. '올바르게 말하기'에 지나친 강박증을 갖고 있지는 않은가. 나는 녹슨 양철문에 써놓은 '어름 있슴'을 보면 즐겁던데. 올바른 건 하나만 있는 게 아니다. 우리가 잡종이듯 말도 잡종이다.

그러니 말(표기법)의 잡종성을 가로막는 제도에 질문을 하자. 어제까지 썼던 철자가 하루아침에 바뀌고, 비표준어이니 쓰지 말라고 하다가 갑자기 오늘부터는 써도 된다는 과정 자체를 문제 삼자.

이 문제의 뿌리는 한글맞춤법에 있다. 맞춤법은 언어적 근대의 산물이다. 민족어라는 단일한 언어질서를 만들기 위해 동일성을 강조하다 보니 다른 모든 정체성과 차이를 배제했다. 언어적 근대는 지역, 세대, 성별, 계급, 직업의 차이에 따른 말의 잡종성을 외면해야 가능하다. 표준어는 비표준어를 배제한다. 표준어 제정 권한을 국가나 엘리트들에게 집중시킨다. 지금도 똑같다.

언어적 근대를 넘어서자. 우리 시대는 말의 잡종성을 어떻게 전면화할지가 과제다. 일단 성문화된 맞춤법을 없애고 공통어의 결정권을 시민과 사회적 역량에 맡기자. 맞춤법을 고치면 되지 않냐는 주장은 비본질적이다. 국가가 '이걸 표준어로 해줄까, 말까'를 정하는 방식은 시대착오적이다.

말은 구름 같아서 우여곡절을 겪을 뿐, 살고 죽는 문제는 아니다.

언어학자는 빠져!

정권은 바뀌어도 정책은 바뀌지 않는다. 중앙집권적 권력구조에 관료주의로 똘똘 뭉친 국가권력은 구습을 못 버린다. 여전히 국민은 계몽의 대상, 어르고 달랠 민원인이다. 언어정책도 마찬가지다. 공공언어 정책은 개념부터 계몽적이다.

국가는 공공언어를 '공무원들이 생산하는 언어'로 한정하여 공공성을 왜곡하고 언어정책을 쪼그라뜨렸다. 개념을 축소하니 할 일은 명쾌하다. 행정용어를 순화하고 누가 보도자료를 더 쉽게 썼는지 순위를 매기는 일에 집중하면 된다. 행정언어 이외의 말은 관심 밖이다. 말하는 주체의 다양성, 말하는 공간의 복잡성에 신경 쓸 필요가 없다.

물론 공무원 언어의 '질'을 높이는 일은 중요하다. 하지만 그것은 필요하긴 해도 충분하진 않다. 공공 영역은 개인 담화를 넘어선 뭔가 더 높은 차원의 사회적 담론을 생산하는 곳이다. 공공언어는 다양하고 입체적인 사회적 관계 자체에서 벌어지는 언어적 소란이다. 공공언어 정책은 말의 통제나 단속에 있지 않다. 도리어 공공 영역에서 벌어지는 언어적 소란이 적정한 합의에 이르도록 말문을 터주고 사회적 격차에 따른 말의 격차를 좁혀주는 역할을 찾는 일이다. 이를 위해 모든 개인이 공공 영역에서 자신을 잘 표현할 줄 알고 기존 언어를 비판하고 새로운 언어를 발명해내는 '진짜 문해력'을 어떻게 기르게 할지를 고민해야 한다.

그러려면 엄격한 감시자가 아니라 유연한 촉진자가 필요하다. 누가 좋을까? 나를 포함한 언어학자들은 지나치게 완고하고 말 자체에 매몰되어 있다. 한 5년 정도 언어학자들은 뒤로 빠져있으면 어떨까?

공공언어의 주인

개념이 문제가 되는 경우가 있다. 공정이 뭔지, 가족이 뭔지, 사랑이 뭔지. 어디까지 공정하고 어디부터 공정하지 않은지 말하기 쉽지 않다. 그래서 평소에는 뿌옇고 희미한 채로 놔둔다. 그러다가 때가 차면 개념을 문제 삼게 되고 다툼과 혼란이 생긴다. 새로운 길로 향하는 자극이 되기도 하지만 흔치 않다.

여하튼 공공언어에 대한 공식 정의는 '행정부와 지방자치단체, 그 산하 공공기관 등이 일반 국민을 대상으로 공공의 목적을 위해 사용하는 언어'이다. 공무원들이 국민을 대상으로 생산하는 모든 언어란 뜻이다. 이에 따라 쉬운 공공언어를 쓰라면서 교육 홍보, 실태 조사, 격려와 주의 조처가 잇따른다.

하지만 공무원 언어만을 공공언어의 반열에 올려놓으면 문제가 생긴다.

첫째, 공공언어에 대한 오해를 낳는다. 공무원 언어가 개인에게 일방적으로 전달되는 것쯤으로 이해하게 된다. 공공언어는 다층적이다. 공공언어는 마을 골목에서 도서관, 공원, 학교, 관공서, 군대, 신문·방송, 정치에 이르기까지 규모와 성격이 다른 공간에서 복잡하게 얽히고설켜 실행된다.

둘째, 언어정책에 왜곡을 가져온다. 공무원 언어에만 집중

하면 공공언어에 대한 입체감 있는 정책을 외면하거나 뒤로 미루게 된다. 평등한 언어 사용은 공무원만의 문제가 아니라 모든 개인의 언어 역량과 사회적 감수성 문제다.

셋째, 공공 영역에 개인이 관여할 여지를 차단한다. 개인은 대상이 아니라 주체다. 언어 생산자다. 언어는 고정되지 않고 끊임없이 생성한다. 공공언어의 주인은 국가가 아니라 개인이다. 관점을 바꾸면 할 일도 바뀐다.

말끝이 당신이다

어미 천국

한국어는 최고로 배우기 어려운 말이다. 동사에 '반드시' 어미를 붙여야 하기 때문이다.

영어는 기본형에 과거형, 과거분사형, 진행형만 알면 된다. 'play, plays, played, playing' 말고 다른 형태가 없다. 그러니 앉은자리에서 'I play a game'이라고 한마디 할 수 있다. 한국어는 동사에 붙는 꼬리가 무시무시하게 많다. 어미 천국이자 어미계 사회(!)라 어미 없이는 말을 끝맺을 수 없다. '하다'라는 동사를 제대로 쓰려면 '한다, 해(요), 합니다, 했다, 했어(요), 했습니다, 하겠다, 하겠어(요), 하겠습니다'처럼 시제와 상대 높임 여부를 반드시 표시해야 한다. 여기에 의문, 명령, 감탄, 청유형에 따라 기하급수적으로 형태가 늘어난다.

문장을 연결하는 어미도 많다. 하고, 하며, 하면, 해서, 하니까, 하는데, 해도, 하자마자, 하지만, 하나, 하더라도, 할지언정, 할지라도, 할까, 하느라, 할뿐더러, 하러, 하려고, 하게…. 예만으로도 이 지면이 모자란다.

앞뒤 말을 이어 붙이는 접착제가 이리 많은데도 성에 안 찼는지 명사를 끌어들인다. 예컨대, 이유를 말하는 데 '하느라, 해서, 하니까' 정도의 어미면 충분한데, 굳이 '했기 때문에' '하는 바람에' '한 덕분에' '한 탓에' '하는 통에' 따위를 만들어 쓴다. 동사 하나를 배우고 이를 활용하여 말 한마디 하려면 이렇게 많은 어미 중에 하나를 골라 조합해야 한다. 이를 익히는 일은 현기증에 구토를 수반할 정도로 고통스러운 일이다. 그러니 한국어 학습자에게 박수를.

말끝이 당신이다

한글의 역설

한국어에 영어가 많이 섞여있어 걱정인 분들이 많다. 허약한 주체의식이나 문화 사대주의 등 관념적인 곳에서 원인을 찾는다. 하지만 문자학의 측면에서 보면 한글이 갖고 있는 역설적 성격 때문이다. 알다시피 한글은 말소리를 작은 조각으로 쪼개어 적을 수 있는 문자라 어떤 말이든 '비슷하게' 표시할 수 있다. 소리만 본뜰 뿐 뜻을 담지 않아 몸놀림이 가볍다. 들리는 대로 망설임 없이 적는다.

한국어로 통하는 한글은 외길인데, 중국어로 통하는 한자는 세 갈래 길이다. 음과 뜻이 한 몸인 한자는 낯선 외국어를 만나면 움찔한다. 음으로 적을지(음역), 뜻으로 적을지(의역), 둘 다 살려 적을지(음의역)를 매번 고민해야 한다.

예컨대, 咖啡(카페이)[커피], 巧克力(차오커리)[초콜릿], 喜来登(시라이덩)[쉐라톤], 沙发(사파)[소파]는 영어 발음을 그대로(!) 옮긴 것이다. 电视(뎬스)[텔레비전 = 전기 + 보다], 电脑(뎬나오)[컴퓨터 = 전기 + 뇌], 电影(뎬잉)[영화 = 전기 + 그림자], 手机(서우지)[핸드폰 = 손 + 기계]는 의역한 것이다. 한편 可口可乐(커커우커러)[코카콜라 = 입에 맞고 즐기기 좋다], 咖啡陪你(카페이페이니)[카페베네 = 커피(음) + 당신과 함께(뜻)], 星巴克(싱바커)[스타벅스 = 별(뜻) + 벅스(음)]는 음과 뜻을 적절히 섞어 만든 것이다.

한글은 쉬운 만큼 외국어가 빨리 들어오고, 중국 한자는 어려운 만큼 천천히 들어간다. 문자는 외국어 수용에 영향을 미친다. 문화 사대주의 때문만은 아니다.

불꽃의 비유

우리는 사회 전체를 본 적이 없다(사회가 있기나 한가?). 그럼에도 사회에 대해 어떤 이미지를 갖고 있다. 사람에 따라 사회는 유기적인 생명체이기도, 적재적소에서 돌아가는 기계이기도, 계급투쟁의 전쟁터이기도, 말(담론)의 경연장이기도 하다. 어떤 이미지를 갖느냐에 따라 세상사에 대한 해석과 해법이 달라진다.

불교에서는 이 세계를 '불꽃'에 비유한다. 초를 켜면 몇 시간 동안 불꽃이 계속 타오른다. 한 시간 뒤의 불꽃은 처음 불꽃이 아니다. 두 시간 뒤의 불꽃은 처음 불꽃이 아니다. 불꽃은 순간마다 다 다르다. 하지만 앞의 불꽃이 없다면 뒤의 불꽃도 없었을 것이므로 아무 관련이 없는 것도 아니다. 본래의 것도 없지만, 단절된 것도 아니다.

불교는 본성 없는 연속성을 말한다. '본성 없음'과 '연속성'은 동전의 앞뒤와 같다. 인간을 포함한 모든 것은 독립적이지도 본래적이지도 않다. 서로가 서로에게 의존한다. 끊임없이 이어지는 관계 속에 존재한다. 사람이든 자연이든 모든 것은 변한다. 불변하는 본질이란 있을 수 없다.

말이야말로 한순간에도 고정되어 있지 않다. 단어든 문장이든 글이든 변치 않는 의미를 갖는 말은 없다. 시공간과 사람 따위의 인과적 조건(맥락)이 다르므로, 어제 한 말과 지금

하는 말이 다르다. 당신의 말과 내 말은 다르다. 순간순간 타오르는 말의 불꽃이 있을 뿐이다. 허무주의나 상대주의가 아니다. 억압하고 후벼 파는 말이 아닌 자유롭고 해방적인 말이 되려면 말을 둘러싼 인과적인 연관을 포착하려는 실천의지가 필요하다. 말은 돌덩이가 아니다. 일렁거리는 불꽃이다.

말끝이 당신이다

진격의 꿔바로우

아침 일찍 빈 병을 챙겨 슈퍼에 갖다 팔려고 나서는데, 아내가 오후에 가라고 말린다. 아침부터 빈 병을 갖고 가면 장사하는 사람들이 싫어한다고. 하루 매상이 마수걸이에 달려 있다는 생각은 이 무심한 사회에서도 여전히 남아있다.

습관은 잘 안 바뀐다. 말에 대한 잔소리꾼들은 말소리의 변화를 '말세적 징후'로 보는 습관이 있다. 그들이 거론하는 징후 중 하나는 사람들 말이 점점 '쎄지고' 있다는 것이다. 주범은 된소리다. '잘렸어, 세게, 소주'라 해야 하는데 '짤렸어, 쎄게, 쏘주'라고 하니 사회는 더 거칠고 강퍅해진다는 거다.

된소리를 경멸하는 태도는 외래어 표기법에도 녹아있다. 베트남어 등 몇몇 언어를 빼면 원칙적으로 외래어 파열음(k, t, p)은 'ㅋ, ㅌ, ㅍ'으로 쓰지 'ㄲ, ㄸ, ㅃ'으로 쓰면 안 된다. '마오쩌둥'처럼 'ㅆ, ㅉ'이 허용되는 경우도 있지만, '꼬냑, 싸이코, 모짜르트'가 아닌 '코냑, 사이코, 모차르트'처럼 써야 하는 경우가 훨씬 많다.

그래서 길에서 만난 중국음식 하나가 흥미롭다. '꿔바로우[鍋包肉]'. 지금의 외래어 표기법으로 중국어를 표기할 때 'ㄲ'은 절대로 쓸 수 없다. 원칙을 따르자면 이 음식은 '궈바오러우' 정도로 써야 할 텐데 이를 얼마나 따를까. 그렇다고 '탕수육'처럼 우리 한자음에 따라 '과포육'이라 하면 장사를 포기하는 일일 테고. 기자들이 흔히 쓰는 표현을 빌리자면 이 말의 미래를 '좀 더 지켜봐야겠다.' 된소리의 반격이 이미 시작된 걸까?

말끝이 당신이다

없다

　말 속에는 인간만의 독특함을 짐작할 수 있는 증거가 숨어 있다. '없다'도 그중 하나인데, '없다'의 발견으로 우리는 보이는 것에만 반응하던 짐승에서 상상하고 생각하는 호모 사피엔스로 바뀌었다.

　우유를 먹다가 냉장고에 넣어두었는데, 그걸 아빠가 몰래 다 먹었다. 아무것도 모르던 아들이 다음날 냉장고 문을 열어보고는 인간만이 할 수 있는 소리를 지른다. "엥, 우유가 없네!?" 냉장고에 우유가 없다는 말을 하려면 냉장고에 우유가 있던 장면을 떠올릴 수 있어야 한다. 없는 게 어찌 우유뿐이겠는가. 코끼리나 젖소도 냉장고에 없기는 마찬가지인데, 하필 우유의 부재를 떠올리는 건 어제의 우유를 기억하기 때문이다. 이걸 떠올리지 못하면 '없음'은 아무 문제가 되지 않는다. 눈앞에는 있는 것보다 없는 게 훨씬 많다. 그러니 그냥 무심히 행동을 이어가면 된다. '없음(부재)'을 알아차리는 건 '있음'과 대응될 때만 가능하다. 없음은 있음의 그림자다.

　'생각'이란 '없는 것'을 떠올리는 일이다. '없음'의 관념이 생기고 나서야 우리는 상상력, 그리움, 욕망을 갖춘 존재가 되었다. '없다'는 말은 지나간 시간을 소환한다. '없음'의 발견으로 인간은 시간의 폭을 비약적으로 넓혔다. 과거뿐만 아니라 미래의 시간까지 당겨서 상상할 수 있게 되었다. 과거와 미래가 '없음'을 디딤돌 삼아 우리 곁에 자유자재로 머무르다 간다. 물론 '없음'이 '있음'과 연결되어 있기 때문에 잠깐만 방심해도 순식간에 욕망이 밀고 들어온다. 과한 말이지만, 있으면 동물에 가깝고 없으면 인간에 가깝다.

비는 오는 게 맞나

문법은 세계를 이해하는 마음의 습관이다. 문장이 '주어'와 '서술어'로 짜여있기 때문에 모든 사건이 '주체(참여자)'와 '작용'으로 나뉜다고 생각한다.

물론 사건을 '주체'와 '작용'으로 나눈다고 해서 모든 언어가 같은 방식을 택하지는 않는다. 경험을 언어화하는 방식은 하나가 아니다. 한국어는 '비가 온다'고 하지만 이탈리아어에서는 '피오베(piove; rains)'라는 동사 하나면 된다. 홍콩 부근의 광둥어에서는 '하늘이 물을 떨어뜨린다'는 뜻으로 '틴록수이(天落水)'라고 표현한다.

사건을 주체와 작용으로 나누는 문법에 길들여진 우리는 사건이 일어나기 전에 대상이 외따로 있다고 생각한다. '비가 오다'가 자연스러워 보이겠지만, 이미 오고 있는 비가 다시 온다고 하니 이상하다. '얼음이 얼다'라는 말을 곱씹어보라. 이미 언 것(얼음)이 다시 얼어야 한다는 이상한 말이다. '낙엽이 떨어지다'라는 말도 벌써 떨어진 것(낙엽)이 다시 떨어져야 한다. '천둥번개가 친다'라는 말은 더욱 이상한데, 마치 '천둥번개'란 놈(주체)이 구름 뒤에 몰래 숨어있다가 갑자기 나타나 번쩍 콰르릉 하는 사건을 일으키는 것처럼 보인다. '주체'와 '작용'으로 나누다 보니 벌어진 일이다. 그 결과 자꾸만 '없는 주체'를 만들게 된다. 버려서 쓰레기인데 '쓰레기를 버리다'라고 하면 쓰레기가 될 본성을 타고난 놈이 따로 있는 것처럼 된다. 동시적이어서 조각으로 분리할 수 없는 사건 속에서 시시때때로 주체는 만들어졌다가 사라진다. 그렇다면 주체는 허깨비 아니겠나. 비는 오는 게 맞나?

말끝이 당신이다

직거래하는 냄새

이름을 안다는 건 애정의 문제다. 탄광도시에서 자란 나는 쑥부쟁이와 구절초를 구분하지 못한다. 처제의 고양이가 페르시안이란 것도 오늘 알았다. 무디고 무정하면 '꽃'이나 '고양이' 정도로 세상을 성기게 기억한다.

추상은 공통점을 찾으려는 마음의 습관이다. 감각도 추상을 거친다. 대부분의 감각은 신경세포에서 포착한 감각을 시상(視床)이라는 중계장치를 거쳐 대뇌에 전달하는데, 후각만이 중계장치 없이 바로 대뇌에 전달한다. 게다가 후각은 감정과 기억을 담당하는 뇌와도 연결되어 있어서 감정과 기억에 직접 영향을 미친다. 다른 감각보다 냄새가 오래 기억나는 이유다.

이러한 후각의 직접성 때문에 냄새를 언어로 추상화할 필요가 적었을 것이다. 시각, 청각, 미각어는 사물과 분리되어 일정한 체계를 갖추고 있다. 사물 없이 '하양, 검정, 빨강, 노랑, 파랑'의 색깔을 떠올릴 수 있다. 음식 없이도 '단맛, 짠맛, 신맛, 쓴맛, 감칠맛'의 감각을 구분할 수 있다. 그런데 냄새는 다르다. 냄새를 감각하더라도 그것을 담는 어휘가 모자란다. 기본 어휘를 정하기도 어렵다. 구린내? 지린내? 비린내? 쩐내? 노린내? 퀴퀴하다? 매캐하다? 잘 모르겠다. 추상화가 덜된 냄새는 주로 사물과 직거래한다. 입냄새, 발냄새, 방귀냄

새, 짜장면냄새, 곰팡이냄새··· 끝이 없다. 추상보다는 구체
에 가까우니, 냄새를 풍기는 사람을 직접 겨냥한다. 그래서
우리는 늦은 밤 버스에서 옆 사람이 뭘 먹고 마셨는지를 쉽
게 알아차리고 '가난한 사람들의 냄새'도 맡는다.

말끝이 당신이다

뉴노멀

'뉴노멀'. 자본주의 4.0, 패러다임 전환, 아침형 인간이란 말의 위성정당 같은 단어. 세상이 뿌리부터 바뀌고 있으니 '새로운 표준'에 맞춰 살라는 시장의 명령. 소비자의 생활 방식과 구매 패턴이 바뀌자 새롭게 떠오른 마케팅 전략. 코로나 사태와 기후 위기 이후 지속 가능성과 공생의 가치가 부각되고 개인도 현재의 삶에 집중하려는 경향을 반영하면서 생긴 말. '새내기'란 말에 '헌내기'가 된 2학년처럼 어제의 습관은 냄새나는 '올드 노멀'이 된다. 어제와 결별함으로써 새 시대의 맨 앞줄에 선 듯 착각하게 만드는 마약 같은 말.

새말이 유행을 타면 지하실에 곰팡이 피어나듯 널리 퍼진다. 상황이 조금만 바뀌어도 이때구나 하고 이 말을 쓴다. 코로나로 야구장에서 침을 못 뱉는 것도 뉴 노멀이다. 재택근무가 늘어나도, 온라인 강의와 배달문화가 확대되어도 뉴 노멀이다. 어느 평론가는 2020년 총선을 평하며 '민주당 주도의 1.5당 체제'로 굳어지는 상황을 '뉴 노멀'로 받아들여야 한다고 쓴다.

당최 시공간의 연속성을 찾기 힘든 한국에서는 오늘 당면한 문제를 당면하기 위해 매일 아침 어제와 결별해야 한다. 못나고 늦된 사람들이 고유한 습관 한두 개를 고안해낼 즈음, 그건 이미 '올드'하니 버리라 한다. 아뿔싸, 우리는 매일 새로 태어나야 하는 아기 신세. 하지만 단골집이 사라졌다는 걸 번연히 알면서도 그 앞을 서성거리듯 사람은 기억과 미련의 존재. 이 불온한 세계는 혁명적 단절보다는 누더기를 기워 입듯 과거를 수선하여 쓸 수밖에 없다.

'사흘' 사태

어느날 사과가 두 쪽 나듯 세상은 '사흘'을 아는 자와 모르는 자로 나뉘었다. 몰랐던 자들은 '그것도 모르냐'는 핀잔을 들어야 했다. 8월 15일부터 17일까지 이어지는 휴일을 '사흘 연휴'라는 제목으로 뽑자 일군의 무리가 '3일 연휴인데 왜 사흘이라고 하는가?'라는 허를 찌르는 질문을 했다. 흔한 '3일' 대신 '사흘'이라는 말을 곳간에서 꺼내 쓰니 어휘력이 모자라는 사람들은 '4일 쉰다'는 기대와 착각을 했다.

잘못 알고 나흘을 쉬었다면 직장을 잃거나 애인에게 '창피하다'라는 외마디와 함께 버림받는 시련을 겪었을지 모른다. 구글 번역기도 '사흘'을 'four days'로 번역해 혼란을 가중시켰고, 몇 년 전에 '사흘'을 '4흘'로 쓰거나 '나흘'의 뜻으로 '4흘'이라고 쓴 기자의 이름이 알려졌다.

말은 어머니로부터 평등하게 배우지만 어휘력은 사람마다 다르다. 독서량의 영향을 받고 얼마나 반복하느냐에 달려 있다. 최근 3년 안에 '이레 만에'나 '여드레 동안'이란 말을 쓴 적이 있는가? 하물며 '아흐레'를? '섣달'이 몇 월이더라? 삼짇날은? 망각은 낱말의 세계에서 자주 일어나는 일이다. 말은 거저 배우는 것이지만 기억하고 자주 써야 자란다.

게다가 말소리와 뜻은 틈만 나면 딴 데로 튈 생각만 한다. 소리만 비슷하면 무작정 엉겨 붙는다. '엉뚱한'이란 뜻의 '애먼'이 비슷한 소리인 '엄한'에 속아 '엄한 사람 잡지 마'라고 쓰는 것도 같은 이치다. '디지털 포렌식'이란 말을 들을 때마다 내 머릿속엔 '방식'의 '식(式)'이 떠오른다. 소리는 의리가 없다. 바람둥이다.

왜

"처음 대답하는 사람이 중요해요. 강○○!"

"예."

"아니, '예' 말고 '응'이라고 해봐요. 겁내지 말고."

"…응."

"잘했어요. 거봐요. 할 수 있잖아요."

나는 출석을 부를 때 학생들에게 반말로 대답하라고 '강요'한다. 괴팍하고 미풍양속을 해치는 일이지만, 잔재미가 있다. 그러다가 스무 명쯤 지나면 강도를 한 단계 높인다. "평소에 엄마 아빠가 부르면 뭐라 했는지 생각해서 대답해봐요. 자, 용기를 내요. 박○○!" 머뭇거리며 답한다. "왜!!"

내키는 대로 해보라고 하면 가끔 간이 많이 부은 학생이 '오냐'라고 해서 응급실에 보내기도 한다.

"나에게는 꿈이 있습니다. 여러분이 이 수업에서 반말로 대답하는 걸 갈고 닦아 딴 강의에서 엉겁결에 '왜'라고 하여 낭패를 당했다는 미담을 듣는 것입니다, 낄낄낄."

말은 명령이다. '예'와 '응'과 '왜'를 언제 써야 하는지 가르친다. 어기면 돌을 씹은 듯이 불편해한다. 그래서 '반말 놀이'는 규율을 깼다는 짜릿한 해방감도 느끼게 하지만, 누구도 어길 수 없는 명령의 체계(말의 질서) 속에 내가 던져져 있음을 무겁게 확인하게도 한다. 다만 말이 만든 경계선을 놀이처럼 한 번씩 밟고 넘어감으로써 그 질서를 상대화한다. 말은 피할 수 없으니 더욱 의심해야 하는 질서다.

부풀려 말하면 선생에게 '왜'라고 답해본 학생들이 시대에도 항의할 수 있다. 그러니 긴장들 하시라. 말에 속지 않고 '왜? 왜 그래야 되는데?'라며 달려드는 젊은이들이 해마다 속출할 것이다. 권력의 눈에 띄지 않는 곳에서 상상력에 뿌리박은 채, 야금야금.

말, 아닌 글자

어릴 때 한자 중에 '용(龍)'자가 제일 멋졌다. 꼬리 쪽 획을 삐쳐 올려 쓰면 용이 꼬리를 튕기며 솟아오를 것 같았다. '부모 성명을 한자로 못 쓰면 상놈'이라는 소문에 아버지 이름에 있는 '목숨 수(壽)'자를 기억하려고 위에서 아래로 '사일공일구촌(士一工一口寸)'을 외웠다. 글자 하나가 이리 복잡한 걸 보니 목숨은 만만찮은가 보다 했다.

소리글자인 한글을 쓰다 보니 우리는 글이 말을 받아 적는 거라는 생각이 강하다. 하지만 글은 말의 졸개가 아니다. 글/자는 소리로 바꿀 수 없는 고유한 '문자성'이 있다. 글 자체는 시각적이다. 목소리를 가다듬듯이 글도 잘 읽히도록 공간적으로 '편집'된다. 서체를 비롯하여 들여쓰기, 문단 구분, 줄 간격, 쉼표, 마침표, 따옴표, 느낌표, 물음표, 말줄임표, 괄호와 같은 고유의 소통 장치를 쓴다.

시에도 글이 하나의 그림이 되는 구체시라는 게 있다. 기욤 아폴리네르의 시는 비가 내리듯, 에펠탑 앞에 선 듯, 애인의 초상화를 감상하는 듯하다. 황지우의 시 '무등'도 정삼각형 안에 시어를 배열하여 산의 이미지를 만들어낸다. 글자가 갖는 고유성을 활용한 예술과 디자인이 꽃을 피우고 있다.

다른 얘기지만, 학생들에게 야들야들한 명조 계열의 서체로 과제를 하라 해도, 열에 예닐곱은 울뚝불뚝한 고딕 계열을 고집한다. 내 말을 귓등으로 흘렸다 싶었는데 실은 자신들의 문화와 취향의 표명이었다. 둘러보면 어디든 고딕체가 우위이다. 종이 매체가 아닌 온라인 매체에 쓰이는 글자는 고딕 계열이 압도적이다. 맥도날드의 방탄소년단 티셔츠에 새겨진 'ㅂㅌㅅㄴㄷ'도 고딕체다.

말끝이 당신이다

외로운 사자성어

'당신의 어휘력'을 평가하는 약방의 감초. "'당랑거철'이 뭔 뜻이지? '마부작침'은?" 하면서 상대방 기죽이기용 무기로 자주 쓰인다. 한국어능력시험에서도 한두 문제는 거르지 않고 나오니 달달 외우지 않을 수 없다.

딸에게 '마이동풍'을 아냐고 물으니, 들어는 봤지만 정확한 뜻을 모른다고 한다. 어릴 적 마을학교에서 소학이나 명심보감을 배웠는데도 모르냐고 하니, 배우는 것과 기억하는 것은 다를뿐더러 아는 것과 쓰는 것은 전혀 다른 차원이라며 사뭇 진지한 '변명'을 했다.

모두 한 뭉텅이의 '옛날 말'이나 '꼰대말'처럼 보이겠지만, 사자성어도 각자의 운명이 있다. '표리부동, 명실상부, 시시비비'처럼 한자를 알면 쉽게 알 수 있는 단어는 생명력을 갖지만, '교각살우'처럼 겉의미와 속의미를 연결해야 하는 말은 덜 쓰인다. 한술 더 떠서 고사성어는 '초나라 항우가'라거나 '장자의 제물론을 보면' 같은 식으로 관련한 옛이야기도 알아야 한다.

사자성어가 유창성이나 어휘력을 판별하는 척도인지는 의문이다. 알아두면 좋다는 식으로 퉁칠 일은 아니다. 자신의 문장에 동원되지 않는 말은 생명력이 없기 때문이다. 그렇다고 구식이니 버리자거나 쉬운 말로 바꿔 쓰자고만 할 수도 없다. 문체적 기교든, 아는 체하려는 욕망이든 그것을 써야 하는 순간이 있다. 게다가 축약어 만들기에 면면히 이어지는 방식의 하나다. 내로남불, 찍먹부먹, 내돈내산, 낄끼빠빠, 할많하않 같은. 실질이 요동치지만 형식은 남는다. 뒷방 늙은이 신세지만 시민권을 깡그리 잃지도 않았다. 시험에 자주 나오지만, 외롭고 어정쩡하다.

'일'의 의미

　단어는 고립되어 쓰이지 않는다. 단어는 한 사회가 자연스럽고 당연한 것으로 받아들이는 지배적 신화에 기대어 산다. 이를테면 다음 두 목록에 함께 쓰인 '일'과 '돈'이 각각 어떤 의미로 쓰이는지 생각해보자.

　　1-1.　일, 집, 먼지, 창고, 냄비
　　1-2.　일, 임금, 출퇴근, 노조, 노무관리

　　2-1.　돈, 음식, 옷, 차, 집
　　2-2.　돈, 이율, 은행, 주식, 투자

　　1-1의 '일'은 몸과 직접 관계가 있다. 쓸고 닦고 고쳐야 하는 몸의 구체적인 움직임과 노력이 필요하다. 반면에 1-2의 '일'은 매매되는 노동이다. 돈으로 환산되고, 정해진 규약에 맞는 행동을 해야 한다. 2-1의 '돈'은 살아가는 데 필요한 것을 교환할 수 있는 것이지만, 2-2의 '돈'은 그 자체를 축적하거나 스스로 이윤을 창출하는 추상적인 존재다. 교환이 아닌, 수치의 등락 자체가 중요하다.
　　'일'과 '돈'에 대한 지배적 신화는 1-2와 2-2의 맥락에서 일어난다. 몸놀림이나 사람과의 관계라는 맥락에서 탈피해 있다. '일'은 수량화할 수 있고 측정할 수 있게 되었다. '돈이 돈을 번다'. 그러니 가만히 놔두지 말고 굴리고 투자해야 한다.

　'다행히(!)' 지구적 위기 상황은 우리에게 '일'의 의미를 다시 묻게 만들었다. 평소라면 임금, 초과 이윤율, 사회적 평판을 기준으로 구분했을 거다. 지금은 어떤 노동이 사회의 유지와 존속에 필수적인지를 묻는다. 보건의료와 돌봄노동 종사자, 배달업 노동자, 청소·경비 노동자, 그리고 농민. 이러한 '필수노동'에 대한 논의와 함께 '도대체 내 손과 발로 직접할 수 있는 일은 뭔가'도 묻게 된다.

말끝이 당신이다

고급 말싸움법

매사를 힘의 세기로 결판내는 약육강식의 습관은 말싸움을 할 때도 마찬가지다. 상대를 반드시 '이겨먹어야' 한다는 마음의 밑바닥에는 '나는 옳고 상대는 그르다'는 독선이 깔려있다. 상대방은 뭔가 꿍꿍이가 있고 이기적이다. 내가 이겨야 정의의 승리다.

이런 전투 상황을 벗어날 비법이 있다. 말싸움 중간중간에 '물론'이라는 단어를 쓰는 것이다. 말싸움은 자기 주장을 상대방에게 관철시키는 게 목적인데, 이를 더욱 확실하게 성취하는 방법 중 하나는 '반론에 대한 고려'이다. 내 주장에도 허점이 있을 수 있고, 상대방의 주장에도 쓸 만한 구석이 없지 않다고 인정해주는 단계. 이 '반론에 대한 고려'는 '물론'이란 말로 구현된다. 자기 말만 하다가도 '물론'이 떠오르면 브레이크가 걸리고 뒤를 돌아보게 된다.

총을 내려놓고 싸움 없는 중립지대로 모이자는 뜻이 아니다. 스스로 적진에 뛰어들어 보라는 말이다. 상대방의 안마당을 거닐면서 그에게도 모종의 '이유'가 있음을 알아보자는 것이다. 덕을 쌓은 사람만이 할 수 있는 배려심인데, 내가 틀릴지도 모른다는 성찰과 겸손함이 없으면 할 수 없다.

남는 문제는 누가 먼저 '물론'을 떠올리느냐다. 아무 논리

없이 위계와 완력으로 사람을 찍어 누르는 무도한 사람을 앞에 두고 나만 손해 보라고?

그런 사람 앞에서조차 '물론'이란 말을 '기어코' 떠올릴 수 있다면, 그리하여 모든 인간에겐 존재의 이유와 그럴 만한 사정이 있음을 알게 될 때, 우리 사회는 조금 더 차분해지고 깊어질 거다. 물론 그걸 이용해먹는 자들이 득실거리지만!

말끝이 당신이다

나만 빼고

'거짓말쟁이의 역설'은 논리학의 오랜 주제다. 참이라고
도, 거짓이라고도 할 수 없는 발언. 에피메니데스의 역설이
라고도 한다. 강원도 출신인 내가 "강원도 사람들은 모두 거
짓말쟁이래요"라고 한다면, 이 말은 참말일까, 거짓말일까?
참말이라면 강원도 출신인 나도 거짓말쟁이이므로 이 말도
거짓말이 된다. 거짓말이라면 나는 참말만 하는 강원도 사람
이 되므로 이 말은 참말이 된다. 헷갈린다고? 해맑도다, 그대
의 두뇌.

자기 머리를 스스로 깎지 않는 사람의 머리만 깎아주는 이
발사가 있다. 그는 자기 머리를 깎을까, 못 깎을까? 자기 머
리를 깎는다면, '머리를 스스로 깎지 않는 사람'만 깎아야 하
는데 스스로 머리를 깎았으므로 깎으면 안 된다. 자기 머리
를 깎지 않는다면, 자기 머리를 스스로 깎지 않는 사람에 속
하므로 머리를 깎아주어야 한다. 장군이 "내 명령에 따르지
말라"라고 명령하면, 따를까, 말까? 모르겠다고? 복되도다.
그대의 투명한 두뇌.

말장난으로 보이겠지만, 많이들 쓴다. 어른은 아이에게
"딴 사람 말 듣지 마!" 남자친구는 애인에게 "남자는 다 늑대
니 조심해" 운전자는 화를 내며 "오늘 왜 이리 차가 밀려!"

'나만 빼고' 생각하면 가능하다. 말하는 이는 말에서 분리

된다. 듣는 이도 말하는 이를 빼고 이해하므로 꼬투리를 잡지 않는다. '당신도 딴 사람이고, 당신도 남자고, 당신도 차를 몰고 나왔다'며 정색하지 않는다. 안전한 이율배반이다.

우리는 '나만 빼고'식 말하기에 익숙해서 분열증에 걸리지 않는다. 부조리에 분노하되 공범인 자신도 함께 생각하면 좋겠다, 나만 빼고.

말의 아나키즘

강원도 홍천군 서석면에 가면 '밝은누리'라는 대안학교 겸 공동체가 있다. 학교와 집을 손수 짓고 적정기술과 농사를 익히며 삶과 배움의 일치를 추구한다. 그들의 '말글살이'는 자못 의연하여 생활 용어를 힘껏 바꿔 쓴다. '하늘땅살이(농사)', '몸살림(수신)', '고운울림(예술)'이라든가, '어울쉼터, 아름드리(생활관)' 같은 말을 만들었다. 일주일을 '달날, 불날, 물날, 나무날, 쇠날, 흙날, 해날'로 부른다. 코로나19는 '코로나 돌림병'이다.

삶의 방식이 다르면 말본새도 달라진다. 이들에게 말은 도구가 아니다. 새로운 말의 발명은 인식과 태도의 변화를 이끈다. 삶의 자리에 말을 초대하고, 초대받은 말은 다시 삶을 정돈한다. 고유어로 바꾸려는 강박이 보이지만 타인에게 강요하지 않는다. 방문객은 '쇠날'로 듣고 '금요일'이라 '번역' 한다. 낯설지만 과잉되지 않다. 그들은 삶의 변혁을 추구하지 언어운동을 하지는 않는다.

이들을 보며 말의 아나키즘을 상상한다. 아나키즘을 '모든 지배의 거부', '제도가 아닌 자발성에 의한 연대'라고 당돌하게 요약해 놓고 보면, 우리 사회는 말의 아나키즘이 절실하게 필요하다는 걸 느낀다. 한국 사회는 말의 무질서나 오염을 걱정하고, 올바른 말을 병적으로 강요해 왔다. 질서는 인위이고 위계이자 명령이다. 엘리트주의고 전체주의적이다. 그래서 표준어를 참조하지 않는 자유의 영토, 작은 공동체의 자율적 합의로 만드는 언어가 여기저기 꽃피어야 한다.

말끝이 당신이다

큰일

"뜬구름 잡는 얘기 그만해라." 자주 듣는 말이다. '말은 본질이 없고 시시때때로 변하며 다른 말과의 우연한 조응과 부딪침만이 변화의 동력'이라고 했으니 그럴 수밖에.

의미가 고정되어 있다는 생각은 오해다. 낱말마다 번호를 매겨 뜻풀이를 해놓은 사전의 영향이 크다. 사전은 우리 머릿속도 낱말과 의미가 순서대로 쌓여있다고 착각하게 만든다. 하지만 의미는 말들 사이, 그리고 말과 세상 사이에서 벌어지는 의존적인 상호 발생 현상이다.

'큰일'의 뜻이 뭔가? 어떤 뜻 하나가 떠올랐다면, 실은 이 낱말만의 뜻이 아니다. 다른 낱말과의 연루! '중요한 일'이라고 한다면, '큰일을 하다, 큰일을 맡다' 같은 표현에서 실마리를 잡은 것이다. '큰 사고나 안 좋은 일'이란 뜻이라면, '큰일이 나다, 큰일을 저지르다'에서 갖고 온 것이다. '결혼이나 장례 같은 행사'라면, '큰일을 치르다'에서 온 것일 테고.

그렇다면 '큰일'의 의미는 어디에서 왔는가. 뒤에 붙는 '하다, 나다' 따위의 말 때문일 것이다. 하지만 '하다'는 '중요한 일', '나다'는 '안 좋은 일'이랑 결합해야만 할 이유도 없다. 도둑질한 사람에게 '큰일을 했다'거나, 더운 날 시원한 소나기를 보고 '큰일이 났다'고 하지 못할 법은 없다. 그러니 '큰일을 하다, 큰일이 나다'에 쓰인 긍정·부정의 의미는 이 표현 속에 들어있는 것도 아니다.

더구나 어떤 일이 '큰일'인지에 대한 판단에는 사회적 습속이나 통념, 개인의 경험과 가치체계가 작동한다. '대통령'은 큰일인가? '청소 노동'은 작은 일인가? 말은 말을 초과한다.

4부 기억과 연대, 그리고 말하기

우리가 신의 피조물이라면 이 깨어진 세상에서
더욱 연대할 의무밖에 없다.

돼지의 울음소리

"아빠도 돼지의 울음소리를 들었어야 했어!"

스무 살 딸이 갑자기 펑펑 울었다. 새벽, 어느 도시에 있는 소와 돼지 도살장을 다녀온 날 밤이었다. 종일 트럭에 갇혀 죽음을 기다리던 돼지들에게 마실 물을 준 게 다였단다. 진실을 보았고, 그는 울었다.

늘 그렇지만, 육식과 관련해서도 언어는 진실을 가리는 가면이었다. 도시인은 '먹을 때'에만 동물과 접촉한다. 다만 '살아있던 동물을 죽이고 절단하여 식탁 위에 올려놓았다'는 진실은 지우고 '고기'라는 경쾌한 이름의 음식을 먹을 뿐이다. 언어만 바꾸면 '살아있던 동물'은 사라진다.

하지만 인간은 숨통을 끊는 타격, 20초 안에 피를 다 빼내야 하는 방혈, 머리와 다리를 자르는 두족절단, 가죽을 벗기는 박피, 내장 적출, 몸통을 두 조각 내는 이분 도축, 소독·세척이라는 일곱 단계를 거쳐 소를 살해한다. 별도의 가공작업을 거쳐 등심, 안심, 채끝, 제비추리, 양지, 사태, 안창살, 갈비라는 새로운 이름으로 죽음을 분리·포장한다.

채식주의자들은 이런 육식문화가 인간끼리 벌이는 착취의 역사와 닮았다고 본다. 살아있던 동물에 대한 살해와 절단 과정을 '고기'라는 이름으로 은폐해온 것처럼, 일본 정부는 조선인을 강제로 징집하여 침략전쟁 수행을 위한 일본 기업의 반인도적 수탈 행위의 도구로 전락시켰다. 이 과정을 '강제징용'이라고 부르지 않고 '조선반도 출신 노동자의 문제'라는 이름으로 은폐해왔다. 일본 정부는 강제징용 피해자의 울음소리를 들었어야 했다.

말끝이 당신이다

공교롭다

'공교롭다'. 생각지도 못한 일이 우연히 일어났을 때 쓰는 말. 하지만 말뿌리인 '공교(工巧)'는 반대로 '솜씨 있고 실력 있다'는 뜻이다. 뛰어난 장인은 작은 실수도 놓치지 않는 섬세함으로 공교한 기술을 연마한다. '공교한 작품'은 요행이 아니라 성실한 노력과 몰입의 열매다. 홀로 보낸 시간의 두께에 비례한다. 그래서 '공교롭다'는 말에는 우연한 일의 뒷면에 인연의 그물이 촘촘히 쳐져있다는 뜻이 담겨있다. '우연찮게(우연하지 않게)'가 '우연히'란 뜻과 같아진 것처럼, '공교롭다'는 한 낱말 안에 '우연과 필연(운명)'이 하나라고 새겨놓았다.

공교롭게도 코로나는 우리 사회의 약점을 드러내고 있다. 코로나는 사회경제적 약자, 배제되고 뒤처지고 깨어진 자들에게 가장 먼저 찾아와 가장 노골적으로 괴롭히다가 가장 나중까지 머무를 것이다. 불과 1년 전, 공교롭게도 코로나는 신천지 교단의 폐쇄성을 숙주 삼아 우리 사회를 들쑤셨다. 배타성, 선민의식, 물신숭배, 성장제일주의는 신천지만의 문제가 아니다.

일본에는 독특한 도자기 수리 기법이 있다. 금 꿰매기, 금수선 정도로 해석되는 긴쓰쿠로이(金繕い)는 깨어진 도자기를 버리는 대신 옻 성분의 접착제로 조각을 이어 붙이고 금

가루로 칠을 하여 깨어진 도자기만의 아름다움을 새로 창조하는 기술이다. 흉터를 금빛으로 탈바꿈함으로써 부서짐을 감추지 않고 그 또한 역사로 기꺼이 받아들이려는 자세다. 우리가 신의 피조물이라면 이 깨어진 세상에서 더욱 연대할 의무밖에 없다. 깨지고 찢어진 사회를 이어 붙이는 공교한 실력을 추구할 뿐이다. 우연이란 없다.

말끝이 당신이다

막말을 위한 변명

이상하게 들리겠지만 세상에 '막말'이란 없다. 누가 나에게 쌍욕을 하더라도 그 말을 누가 하느냐에 따라 막말이 되기도 하고 정겨운 말이 되기도 한다. 겉보기에 아무리 '점잖은 말'도 모욕감을 느끼거나 구역질 날 때가 있다. 말보다는 말의 주인이, 그리고 그 말을 하는 상황이 중요하다. 그 덕에 말은 끝없이 변화하고 원래의 의미에서 탈선한다.

어떤 말도 그 자체로는 사람에게 상처를 주지 못한다. 어원이 속되고 차별적이더라도 그렇다. 모든 사람에게 같은 효과를 미치지도 않는다. 권력이 개입될 때, 다시 말해 권력을 확인하거나 획득하거나 강화하기 위해 이용될 때 말은 언어 권력이자 경멸적인 의미의 이데올로기가 된다. 이때 말은 누군가를 대변하고 누군가를 동원한다. 그래서 막말은 (눌려 있던 무의식이 드러나는) 말실수가 아니다.

평범한 사람들에게는 그런 권력이 없다. 비슷한 크기의 상징자본도 없고 파급력 있는 미디어에 쉽게 접근할 수도 없다. 그러니 막말이 사회적 영향력을 갖지 않도록 권력을 회수하는 것, 사람들을 동원할 수 있는 힘을 회수하는 것, 말의 효력을 정지시키는 것이 쉽지 않다.

그럼에도 전혀 다른 맥락과 의미로 막말 생산 집단에 그 말을 되돌려주어 자신들이 한 말이 연기처럼 흩어지는 푸념이 되게 해야 한다. 이를테면 다시는 국가가 국민을 내팽개치지 않도록 '우리는' 4.16 세월호 참사, 5.18 광주, 4.3 제주, 그리고 위험의 외주화와 비정규직의 죽음으로 이어지는 이 무수한 죽음의 비극과 부조리를 '징글징글하게 회 쳐 먹고 찜 쪄 먹고 뼈까지 발라 먹을' 것이다.

'영끌'과 '갈아 넣다'

　말에는 허풍이 가득하고 인간은 누구나 허풍쟁이다. 보고 들은 걸 몇 곱절 뻥튀기하고 자기 일은 더 부풀린다. '아주 좋다, 엄청 많다'고 하면 평소보다 더한 정도를 표현한다. 하지만 '아주, 엄청, 매우, 무척, 너무' 같은 말은 밋밋하고 재미가 없다. 더 감각적인 표현들이 있다.

　이를테면 '뼈 빠지게 일하다, 등골이 휘도록 일하다, 목이 빠지게 기다리다, 목이 터져라 외치다, 죽어라 하고 도와주다, 쎄(혀) 빠지게 고생한다'고 하면 느낌이 팍 온다. 화가 나면 피가 거꾸로 솟고, 엎어지면 코 닿을 데에 살고, 눈 깜짝할 사이에 일이 벌어진다. 상다리가 부러지게 음식을 차리고 문지방이 닳도록 사람이 드나든다. 사진을 보듯 생생하지만 과장이 심하다.

　모든 것을 다 쏟아붓는다는 뜻으로 '영끌(영혼까지 끌어모으다)'이나 '갈아 넣다'라는 말을 곧잘 듣는다. 장롱 밑에 굴러 들어간 동전까지 탈탈 털어 집을 사거나 투자를 할 수는 있지만, 영혼까지 끌어모으고 갈아 넣어서 뭘 할 수 있을지 의문이다. '혼을 담은 시공'이라는 건설 광고판을 보며 들었던 죽음과 두려움의 정서와 겹친다.

　과장된 말처럼 현실을 견디고 살아내야 하는 사람이 많다. 탈진할 때까지 힘을 써야 하고 등골이 휘어져도 참아야 하고 영혼마저 일에 갈아 넣어야 하는 사람들. 매 순간 모든 걸 걸어야 하는 사회. 있는 힘을 다해야 할 건 부동산도 일도 아니다. 뼈도 힘도 영혼도 어디다 빼앗기거나 갈아 넣지 말고 고이 모시고 집에 들어가자. 세상이 허풍 떠는 말을 닮아간다. 허풍이 현실에서 벌어지면 십중팔구 비극이다.

국물도 없다

사람들은 과장하기를 좋아한다. '~도 없다'라는 말은 어떤 것의 부재를 과장하는 표현이다. 예컨대, 바라는 걸 안 하면 앞으로 받을 몫이 전혀 없다고 겁줄 때 쓰는 '국물도 없다'를 보자. 나는 어머니한테 '국보'라 불릴 만큼 국을 좋아했다. 줄기마저 흐물흐물해지게 끓인 미역국 국물을 유독 좋아했다. 국물을 후루룩 마시면서 깊고 그윽한 갯내를 함께 삼켰다. 그런데 '국물도 없다'고 하면서 국물을 가장 하잘것없는 음식 취급을 하니 이상했다. 여하튼 가장 하품인 국물도 없으니 굶으라!

'~밖에 없다'는 말에도 과장이 섞여있다. '너밖에 없다'고 하면 '너' 말고는 아무도 없으며, '천 원밖에 없다'는 '천 원' 외에 더 가진 돈이 없다는 뜻이다. 그야말로 바깥에는 아무것도 없다. 그나마 안쪽에 뭐라도 있으니 다행이다. '~도 없다'는 그것마저 없어서 더 극단적이다. '믿을 사람이 너 하나밖에 없다'고 하면 갑자기 둘이 한통속이 되지만 '믿을 사람이 하나도 없다'고 하면 '듣는 나는 뭐지?' 묻게 된다. '하나밖에 없다'는 '유일함(1)'을, '하나도 없다'는 '전무(0)'를 뜻하니 숫자로는 한 끗 차이지만 말맛은 하늘과 땅 차이다.

고향 마을엔 사람 그림자도 없는데 과잉도시 서울은 발 디딜 틈도 없이 비좁고 아무것도 없는 민중들은 죽을 짬도 없이 바쁘다. 쥐뿔도 없는 사람들이 눈코 뜰 새도 없이 일해서 집 한 칸 사는 건 이제 꿈도 못 꾼다. 사람들은 집도 절도 없는 사람을 위한 정부를 원한다. 어림 반 푼어치도 없는 '소설'을 쓰는 게 아니다. 과장된 진실이다.

이름 바꾸기

내 이름은 웃긴다. 발음이 절지동물과 닮아 별명이 '왕지네'였다. 모르는 이에게 이름을 불러주면 열에 아홉 '진혜'나 '진회'로 적는다. "'바다 해' 자입니다"라거나 "해바라기 할 때 해 자입니다" "'ㅕ ㅣ'가 아니라 'ㅏ ㅣ'예요"라고 해야 한다. 어감도 묵직하거나 톡 쏘는 맛이 없어서, 줏대도 없고 집요함도 모자란다. 이게 다 이름 탓이다!

그러니 이름을 바꾸어야 할까? 우리 사회는 걸핏하면 이름을 바꾸던데. 사람들 반응이 시들하고 전망이 안 보이고 시대에 뒤처진 느낌일 때 가장 먼저 하는 일이 이름 바꾸기다. 회사명, 주소명, 건물명, 학과명, 가게명, 정당명, 정부 부처명. 불합리를 바로잡고 합리성과 혁신 의지를 듬뿍 담아! 한국 현대사는 간판 교체사다.

이름 바꾸기는 연속성의 거부이자 과거와 단절하려는 몸부림이다. 하지만 대부분 근본적이지 않고 선택적이라는 게 문제다. 실패하고 부끄럽고 숨기고 싶은 과거와의 결별.

모든 이름에는 나름의 질감이 있다. 이름을 그대로 두면 부끄럽고 불합리하며 분했던 순간도 도망가지 못한다. 나는 그 질감이 좋다. 그 부끄러움과 불합리가 좋다. 우여곡절을 겪는 의미를 같은 이름 안에 쌓아놓는 것. 의미는 시시때때로 변하는데, 이름마저 자주 바뀌면 어지럼증이 심해진다.

나는 문화를 '이유는 잘 모르지만, 옛날부터 그렇게 써 왔어'
라고 말하는 거라 생각한다. 단절은 세탁과 표백의 상큼함과
뽀송함을 줄지는 몰라도, 역사의 냄새와 질감을 회피하게도
만든다. 이름 바꾸기를 성과로 내세우는 사회에서는 더욱 그
렇다.

말끝이 당신이다

형용모순

아무래도 인간은 복종보다는 삐딱한 쪽을 선택한 듯하다. 말에도 꾸미는 말과 꾸밈을 받는 말이 날카롭게 맞서는 형용모순이란 것이 있다. '네모난 동그라미' 같은 표현이 그 예다. 현실에 존재할 수 없고 논리적으로도 말이 되지 않는다. 그런데도 당신 머릿속에서는 어느새 동그라미를 네모나게 누르거나 네모를 동그랗게 당기고 있을지 모른다. 이런 표현은 상상력을 자극하고 다른 세계를 꿈꾸게 한다. 모종의 진실을 담는 경우도 있다.

우리는 '찬란한 슬픔의 봄'을 맞이하여 '침묵을 듣는 이'에게 강으로 오라고 청할 수 있다. '눈뜬장님'과 함께 '산송장'이 된 친구의 병문안을 갈 수도 있다. 형용모순은 생활 속에서도 찾을 수 있다. '다시마 육수'에는 고기가 들어가지 않는다. '닭개장'에는 개고기가 없다. 어느 냉면집에선 '온냉면'을 끓여 판다. '아이스 핫초코'는 땀을 식혀준다.

종교에 쓰인 형용모순은 반성 없는 일상에 대한 각성의 장치다. 도를 도라 말할 수 있다면 그건 도가 아니다. 부처가 있으면 그냥 지나가고 부처가 없으면 더 냉큼 지나가라. 예수는 원래 하느님이셨지만 자신을 비워 사람이 되었다. 가난하고 비통한 사람은 복이 있다!

이런 형용모순도 있다. 가령, '시민군'. 시민이면서 군인.

비극적 결합이다. 총을 만져본 적도 없는 학생들도 있었다. 1980년 5월 18일, 새벽 광주도청의 시민군은 계엄군에게 모두 사살, 체포되었다. 진압 후 계엄군은 능청스레 광장 분수대 물을 하늘 높이 솟구치도록 틀었다고 한다.

말끝이 당신이다

'5.18'이라는 말

겉보기에 언어는 불합리하다. '택시 파업'이란 말만 봐도, 사람이 아닌 '택시'가 어떻게 파업을 하겠나. 밥 말고 '도시락'을 먹기도 하고 소주를 '병째' 마시기도 하는데, '말 그대로' 따라 했다가는 응급실행이다.

말은 유연하여 딱 들어맞지 않는 것을 새롭게 배치하는 데 능숙하다. 일종의 '빌려 쓰기'다. 망치가 없으면 벽돌이 망치가 된다. 절실하면 주먹으로도 못이 박힌다! 가까이 있는 거로 원래의 것을 대신하는 것을 환유라고 하는데, 부분이 전체를 대신하는 경우가 많다. 국수 먹고도 밥 먹었다고 하는데 이때 '밥'은 모든 요리를 대표한다. '아침 먹다'의 경우 아침이 '아침 식사'를 대신한다.

시간이 특정 사건을 가리키는 손가락이 되기도 한다. 사건이 집단적 기억이 되면 그렇게 된다. 5.18을 비롯해 4.3, 4.19, 6.10, 6.25, 8.15가 그렇다. '광주'처럼 장소명을 쓸 수도 있는데, 장소는 그곳에 없었다고 변명할 수 있어서 헐겁다. 시간은 모두에게 주어지므로 피할 재간이 없다.

그런 사건은 하루에 끝나지도 않는다. 5.18도 5월 27일까지 열흘 동안의 '사태'였다. 6.10도 보름을 넘겼고, 4.19는 달 포 이상 계속됐으며, 4.3은 장장 7년 7개월 동안 이어졌다. 그럼에도 우리는 시작일을 사건 전체의 대표자로 삼는다.

첫날은 사건의 촉발점, 민심의 변곡점, 각성, 솟구침, 뒤엉키고 뒤집히는 충격의 시간.

　이렇게 글이 주변을 뱅뱅 도는 건 여전히 5.18 앞에 말문이 막히고 죄의식에 휩싸이고, '취미처럼' 분노가 솟구치기 때문일 것이다. 눈앞의 부조리함 하나 막아서지 못하니, '5.18'을 입에 담기조차 부끄럽다. 그렇게 40년이 흘렀다.

4.3과 제주어

　‘육지’와 멀리 떨어진 게 섬의 고유성을 지키는 조건이었다. 하지만 4.3사건으로 섬사람들은 고립되고 실어증에 걸린다. 제주어는 반란의 언어, 금지된 말이 되었다. 참상에 대한 증언은 고사하고 제주 사람 티가 나는 말을 쓰는 것조차 꺼렸다. 육지에 나갈 때, 섬말은 바다에 내던져졌다.

　2010년 유네스코는 제주어를 ‘사라져 가는 언어’ 5단계 중 4단계인 ‘아주 심각하게 위기에 처한 언어’로 등록했다. 4단계는 소멸 직전의 언어로, 노인들만 뜨문뜨문 쓴다는 뜻이다. 말의 표준화와 미디어의 전국화는 지역어의 위기와 소멸을 초래했다.

　그럼에도 제주에는 제주어를 기록, 보존, 활성화하려는 사람들이 많다. 이들의 자긍심은 제주어를 기록하기 위한 별도의 ‘제주어 표기법’을 갖고 있는 데서도 찾을 수 있다. 육지에서는 진작에 버린 ‘아래아(ㆍ)’도 포함되어 있다. ‘아래아’는 만들어지고 얼마 안 지나 소릿값이 바뀌기 시작한 글자다. 단어의 첫소리에서는 주로 ‘ㅏ’로 바뀌고(ㄴㆍㅁ → 남), 첫소리 아닌 자리에서는 ‘ㅡ, ㅓ, ㅜ’로 변했다(하ㄴㆍㄹ → 하늘, 다ㅅㆍㅅ → 다섯, ㄴㆍ ㄹ → 나루). 단어마다 달라지는 발음을 어떻게 표시할지가 숙제이지만, 제주어를 기록하는 사람들은 제주어에 ‘아래아’ 발음이 살아 있으며, 이것이 제주어의 독특함 가운데 하나라고 본다.

제주어가 복권되길 바란다. 딴 지역보다 조건이 좋다. 자율성을 갖춘 자치도이기도 하고, 제주어 복권을 위해 애써온 사람들이 도도하게 버티고 있다. 집과 학교에서, 말로도 글로도 끈질기게 써서 제주어가 하나의 '언어'로 활짝 피어나길 빈다. 제주어 만세!

문자와 일본정신

구두 신을 때와 슬리퍼 신을 때 걸음걸이가 다르다. 형식이 내용을 규정하고 습관이 인품을 결정한다. 말도 마찬가지여서 어떤 문자를 쓰느냐에 따라 그 사회가 어떤 마음의 습관을 갖는지 달라진다.

일본의 문자 체계는 유례를 찾을 수 없을 만큼 독특하다. '한자'와 함께 '히라가나, 가타카나'를 쓴다. 히라가나는 한자가 아닌 고유어를 표시하는 데 쓴다. 가타카나는 외래어나 의성어·의태어에 쓴다. 세 가지 문자로 말의 출처를 구별하는 사회는 일본밖에 없다.

게다가 한자어를 읽는 방식이 참 고약하다. 한국어에서 '石'은 항상 '석'이지만, 일본어에서는 때에 따라 '세키'로도 읽고(음독), '이시'로도 읽는다(훈독). 음과 뜻으로 왔다 갔다 하며 읽는 방식은 일본인들에게 일본 고유어를 그저 한자로 표시할 뿐이라는 생각을 심어주었다.

여하튼 일본어에 들어있는 외래 요소는 한자와 가타카나로 '반드시' 표시된다. '더우니 丈母님이랑 氷水 먹으러 cafe 가자!'라고 써야 한다고 생각해보라. 일본은 이런 식으로 천 년을 써왔다. 끊임없이 외부를 확인하고 표시했다. 그만큼 외부와 다른 자신이 고유하게 있고, 자신들에게 외부의 영향에도 굳건히 지켜온 순수 상태가 있다고 확신한다.

근본을 따지는 일은 그래서 위험하다. 근본을 뒤쫓는 태도는 신화적 존재를 만들어 자신들 모두 그곳에서 '출발'했고, 그곳이 가장 순수한 상태이자, 궁극적으로 '회귀'해야 할 곳이라고 상상하게 만든다. 천황이 그렇고 대화혼(大和魂)이 그렇고 가미카제(神風)가 그렇다. 문자가 일본정신을 만들었다.

말끝이 당신이다

일본이 한글 통일?

2019년 한국에 대한 일본의 핵심 소재 수출 규제가 한창일 때, 디에이치씨 티브이(DHC TV) 출연자가 "'조센징'은 한문을 문자화시키지 못해 일본에서 만든 교과서로 한글을 배포했다. 일본인이 한글을 통일시켜 지금의 한글이 되었다"고 했다. 다들 뜬금없어 했다. 일제는 조선어 말살 정책을 썼다고 배웠으니 황당해하는 것도 이해된다. 저 말은 식민지 근대화론의 언어 버전이다.

일제는 일본어와 조선어를 필수과목으로 가르쳤다. 총독부 주도로 철자법도 제정했고 교과서와 사전도 만들어 한글과 조선어 보급률을 높였다. 그러니 고맙다고? 전혀! 총 대신 칼을 든 강도일 뿐. 애당초부터 조선어를 폐지하고 일본어를 상용어로 만들고 싶은 마음이 굴뚝같았지만, 여의치 않았다. 일본어 보급률이 1919년엔 겨우 2.0%, 1930년엔 6.8%였다. 어쩔 수 없이 조선말을 가르친 거다. 일본어 교육을 전면화하되 조선어를 이등국민어로 만들 속셈이었다. 새로 놓은 철길이 수탈의 통로였듯이, 그들이 허용했던 조선어도 순치의 도구였다.

그들은 1937년 중일전쟁을 일으키고 조선 전역을 총동원 체제로 바꾸자마자, 조선어로 하는 말글살이를 억압한다. 조선어를 선택과목으로 강등시키고 실제로는 금지시켰다. 조선어 신문·잡지도 폐간시킨다. 전쟁터와 공장에 끌고 갈 조선인이 일본말을 알아들어야 쉽게 부려먹을 수 있기 때문이다. 그러니 일제에 의한 조선어 교육은 식민지 지배 전략의 일환으로 채택된 떡밥일 뿐이었다. 일본어를 통한 순치든 조선어를 통한 순치든, 아스팔트길이든 꽃길이든 일제가 조선 민중을 태우고 도착한 곳에는 언제나 '수탈'이라는 팻말이 박혀있었다.

'공정'의 언어학

공평하고 올바름. '불공정하다'는 말만 꺼내도 긴장하게 되는 도덕적 당위. '선발'에만 선택적으로 사용해서 문제. 격차, 기회, 교육, 행복과 같이 시간이 오래 걸리는 주제에는 잘 안 쓴다.

경비를 전액 지원하는 해외 연수생을 모집한다면 당신은 어떤 기준으로 뽑겠는가? 토익토플 점수? 학교 성적? 자기소개서? 가정 형편? 나의 은사님은 두 가지 기준으로 뽑았다. 첫째, 영어를 못할 것. 둘째, 외국 여행 경험이 없을 것. 영어를 잘하던 학생들 모두 낙방. 외국에 한 번도 못 가본 학생이야말로 외국을 경험해야 하는 사람이라는 기준. 불공정해 보이는가? 누구에겐 불공정, 누구에겐 공정. 새로운 공정.

말의 의미는 우연한 탈주를 꿈꾼다. 낱말 '먹다'를 아무리 째려본들 '마음먹다, 나이 먹다, 욕먹다'라는 표현이 가능한 이유를 못 찾는다. 식물 '꽃'만 고집하다가는 '눈꽃, 불꽃, 소금꽃, 열꽃, 웃음꽃, 이야기꽃'이 만들어내는 꽃다움의 확장을 어찌 만나리. 두 낱말의 우연한 조응과 부딪침만이 변화의 동력이다. 의미 탈주의 가능성은 개체가 갖고 있는 본질에서 나오지 않는다. 행여 본질이 있다면 그 본질을 부수고 타넘는다.

공정은 절대적이지 않다. 합의해야 할 '양(정도)'의 문제다.

우리는 얼마나 공정할 건가, 얼마나 정의로울 건가. 주제가 피아 감별이나 옳고 그름을 가리는 윤리 문제가 아닌, 합의를 해야 하는 양의 문제라면 토론이 필요하다. 게다가 남의 얘기하듯 하지 않는 자기고백적 토론일 때 적과 공존할 실마리를 찾을 수 있다. 결론이 나지 않는 문제다. 결론 내지 말고 문지방에 매달아놓자. 세월 좋은 소리 말라고? 미안하게도 인간만이 판단을 유보할 줄 아는 존재다. 우리는 언제나 모순의 내부에 있으면서 모순의 타파를 꿈꾼다.

　지금 한국 사회에서 쓰는 '공정'이라는 말은 지극히 뻣뻣하고 날이 서 있다. 공정은 '움직이고 전진하는' 공정이다. 공정의 불가능성 앞에 겸손해지고 끝없는 파격으로 공정의 가능성을 실험해야 한다. 뽑힌 사람만이 아니라, 떨어진 사람을 위한 공정, 떨어질 기회조차 없는 사람을 위한 공정으로 확대되어야 한다. 공정함이 연민과 함께 가는 말이 되었으면 좋겠다.

말끝이 당신이다

은유 가라앉히기

사람들이 질병을 어떻게 생각해왔는지 알려면 말을 둘러보라. '감기, 골병, 멍'은 '든다'고 하지만, '배탈, 종기, 욕창'은 '났다'고 한다. '노망'은 나기도 하고 들기도 한다. 질병을 무서운 인물로 의인화하여 '암, 심장병, 대상포진, 감기, 에이즈'에 '걸렸다'고 하기도 한다. 몸의 안팎을 드나들거나 괴롭히는 존재. 몸 어딘가에 숨어있다가 스멀스멀 기어 나오거나 주변을 떠돌다가 몸 안으로 불쑥 기어들어 오는 존재. 이런 표현들은 모두 은유다. 질병은 인격체가 아닌데도 마음대로 몸을 드나들며 괴롭히는 존재로 상상한다.

코로나에는 '감염되다'라는 말을 쓴다. 눈에 보이지도 않는 그 녀석은 우리를 몰래 '물들여' 며칠 숨었다가 모습을 드러내니 더 두렵다. 그래도 백신을 맞고 좋은 치료제가 개발되면 감기 대하듯 할 것이다.

니체는 "질병 자체보다 자신의 질병을 생각하느라 고통받지 않도록 병자들의 상상력을 가라앉히는 것"이 중요하다고 강조했다. 지금 우리는 곤경에 처해있지만, 이 곤경을 신의 심판이나 인과응보로 볼 일은 아니다. 이 일이 다 지나간 뒤에 우리는 어떤 언어로 바이러스의 창궐을 생각하게 될까. 어떤 이들은 질병을 친구로, 삶의 여정에 오는 손님으로, 삶의 일부로 대하자고 한다. 어려운 일이다. 하지만 질병을 침

략자로 보고 삶과 죽음을 적대적 관계로 보는 언어를 몰아내지 않으면 삶과 죽음을 제대로 대하지 못할 것은 분명하다. "우리는 은유 없이 생각할 수 없다. 그렇다고 우리가 자제하고 피하려 애써야 할 은유가 없다는 것을 의미하지는 않는다."(수전 손택)

말끝이 당신이다

온실과 야생, 학교

부모는 아이가 타인과 적절히 교류하는 존재로 성장하는 걸 돕는다. 이러한 사회화는 대부분 말로 이루어지므로 사회화의 핵심은 언어 학습이다. 사회화와 언어 학습은 동전의 양면이다.

아이를 식물에 비유한다면 자녀 양육을 '온실 모형'과 '야생 모형'으로 나눠볼 수 있다. 온실 모형 속 부모는 아이를 끊임없이 보살펴야 하는 식물로 대한다. 부모는 아이와 대화를 많이 나눈다. "이게 뭐예요?"라 물으면 친절히 설명해주고 "네 생각은 어떠냐?"고 되묻는다. 질문과 설명 중심의 대화를 통해 지식을 습득하는 방식을 자연스럽게 익힌다. 자기 생각을 잘 드러낸다. 틈나는 대로 '잠자리에서 책 읽어주기'를 한다. 공룡이든 자동차든 '꼬마' 전문가가 되는 걸 대견해한다. 티라노사우루스, 안킬로사우루스의 습성과 생김새, 생존 시기를 좔좔 외면 환호한다.

야생 모형 속 부모는 아이를 대지의 비바람과 햇볕을 받고 자연스럽게 자라는 식물로 대한다. 아이는 가만히 '냅두면' 알아서 자란다. 아이의 삶에 시시콜콜 간섭하지 않는다. 친구들이나 다른 관계에서 스스로 살길을 찾아가길 바란다. 잠자리에서 책을 읽어주지 못한다. 집 안은 대체로 조용하다. 대화보다는 지시와 명령의 말이 많다. 자기 생각을 드러내는 데 서툴다.

물론 현실에선 두 모형이 뒤섞여있다. 다만, 온실에서 자란 아이들에게 더 많은 인정과 성공의 기회가 주어지는 건 분명하다. 집에서 이미 연습했기 때문이다. '야생'에서 자란 아이들에게 학교는 어떤 역할을 하고 있나? 학교는 말을 둘러싼 사회적 격차를 좁히고 있나, 더 벌리고 있나?

말과 유학생

대학은 사시사철 말과 글이 피어나는 꽃시장이다. 그런데 피지 못한 꽃들이 있다. 외국인 유학생.

그들은 강의실의 섬이다. 그림자처럼 뒷자리에 웅크려 앉아 있다. 말을 건네면 웃고 만다. 뭔가를 참아내고 있는 듯하다. 숙제의 첫 문장은 존댓말인데 두 번째 문장부터는 반말이다. 그러다 갑자기 전문가의 글솜씨로 탈바꿈. 자동번역기를 쓰거나 참고자료를 짜깁기한 것이다. 선생의 말을 알아듣지 못하는 대학원생도 적지 않다. 한국 학생들에게 유학생의 의견도 들으면서 생각의 지평을 넓히라고 권하지만, 실패한다. 기죽어있는 학생에게 "괜찮다, 천천히 말하라. 한국어가 서툴 뿐 할 말이 없진 않잖냐"는 격려는 무력하기만 하다.

귀찮거나 피하고 싶다가, 성적 처리 기간만 되면 고마운 존재로 바뀐다. 성적의 바닥을 깔아준다. 대학교육을 망쳐온 상대평가제의 최대 희생양은 유학생들이다. 유학생에게 'B'는 꿈같은 학점이다. 한국 학생이라면 '성적 산출 근거'를 묻는 메일을 선생에게 보낼 텐데.

외국인 유학생은 수년에 걸친 등록금 동결로 쪼들린 대학의 가장 손쉬운 수입원이다. 유학생 유치 전쟁은 한국어 실력에 대한 기준을 더욱 낮추었다. 문턱을 낮춰 일단 가게 안으로 들인 다음, 말이 통하지 않는 '호갱'을 이리저리 뜯어내곤 나 몰라라!

대학에서 벌어지는 이 제도화되고 관습화된 무책임의 기원이 한낱 언어 문제라는 게 부끄럽고 한심하다. 자유이용권을 팔고서는 '키가 작으니 놀이기구는 못 탄다. 키 작은 건 너의 책임'이라니. 말 때문에 이등 학생을 만드는 건 염치없다. 뽑았으면 책임도 져라. 말을 가르쳐라.

일타 강사

학원이나 인터넷 강의(인강)에서 제일 잘나가는 '1등 스타 강사'. 1번 타자가 갖는 공격성을 부여해 학원 홈페이지나 버스, 전철 광고 맨 앞자리에 사진과 함께 이름을 올린다. 이 반열에 오르면 아이돌급의 수입과 인기를 누린다. 일타 강사는 가르칠 내용을 찰지게 요리하는 건 기본이고, 판서, 외모, 입담(말발)도 빼어난 만능 엔터테이너다. 이 세계에도 승자독식의 법칙이 작동하니 경쟁이 치열하다.

진정한 배움은 선생을 흉내 내는 데서 시작한다. 말을 배울 때에도 그랬고, 헤엄치기, 젓가락질을 배울 때에도 그랬다. '배움'이란 자신이 앞으로 무엇을 배울지 이해할 수 없는 시점에, 무엇을 가르쳐줄지 알 수 없는 사람 밑에서, 무언지 알 수 없는 것을 배우는 이상한 구조를 갖는다(우치다 다쓰루). 그래서 배움은 기능을 미리 알고 사는 상품 구매와 다르다. 깨달음을 향한 기다림이자 투신이다. 스스로 물에 뜨는 순간이 올 때까지 잠자코 선생의 자세를 흉내 내야 한다.

가르치는 사람은 노예에 가깝다. 의존적이고 무기력하다. 같은 걸 가르쳐도 배우는 사람이 어떤 생각을 하고 어떤 상황에 처해있느냐에 따라 결과는 하늘과 땅 차이다. 가르침과 배움의 동시성과 상호 의존성을 강조하는 말(줄탁동시, 교학

상장)이 있지만, 아무래도 교육은 학생이 주인이다. '배움'이 벌어지지 않는다면 '가르침'은 가치를 갖지 못한다.

그렇다면 일타 강사를 찾는 열정만큼이나 '누가' '무엇 때문에' 배우는지도 물어야 한다. 하물며 지금의 교육이 배움을 배반하고 있다면, 선생이 아니라 학생한테 눈을 돌려야 한다.

시간에 쫓기다

비극은 시간을 분리하면서 시작됐다. 죽음의 공포는 시간이 무한히 뻗어있다고 보기 때문에 생긴다. 시간의 무한성과 인생의 유한성. 결국 우리는 죽는다!(아, 무서워) 반면에 공간의 무한성 앞에서는 떨지 않는다. 달에 못 가도, 폴짝 뛰었다가 금방 땅에 떨어져도 절망하지 않는다.

아프리카인이나 아메리카 원주민들에게는 과거와 현재만 있고 미래는 없다. 있어도 현재 벌어지는 사건이 이어지는 2~6개월 정도까지의 가까운 미래다. 무한한 미래라는 관념이 없다. 생명보험이나 종교가 잘될 리 없다. '씨 뿌릴 때, 소 꼴 먹일 무렵'처럼 사건이나 자연 현상과 함께 표현될 뿐이다.

문명사회는 시간을 별개의 사물인 것처럼 객관화시키고 여러 유형의 표현을 만들었다. 시간은 '과거-현재-미래'로 이어진 직선 위를 움직이는 사물이다('시간이 간다, 온다, 흐른다'). 우리는 이 시간을 '맞이하기도' 하고 '보내기도' 한다. 시간은 원처럼 거듭된다('봄이 돌아왔다'). 사물화하자 양이나 부피, 길이를 갖게 된다('시간이 많다, 적다' '시간이 있다, 없다' '시간을 늘리다, 줄이다').

근대사회는 시간을 화폐로 대한다. 자본주의는 시간의 화폐화로 작동된다. 시간을 '낭비해서는' 안 된다. '아끼고, 벌

고, 절약해야' 한다. 아무리 '쪼개어 써도' 우리는 시간에 '쫓
긴다'. 일정으로 꽉 찬 삶은 분쇄기에 빨려 들어가는 종이처
럼 갈기갈기 찢겨있다. 시간을 지연시키는 것은 없애야 할
적이다. 강도에 쫓기듯 시간에 쫓기는 삶에, 시간에 쫓기어
목숨까지 내놓아야 하는 노동에 어찌 구원이, 해탈이, 해방
이 찾아올 수 있겠나.

말끝이 당신이다

다만, 다만, 다만

'사이시옷' 규정을 아시는지? 두 단어가 만나 새 단어가 생길 때 뒤에 오는 단어의 첫소리가 된소리로 바뀌거나 'ㄴ' 소리가 덧날 때 'ㅅ'을 붙인다. 그래서 '바닷가' '나뭇잎'이다.

이 규정에 맞게 쓸 조건을 보자. 먼저, 두 단어의 출신 성분을 알아야 한다. '고유어 + 고유어' '고유어 + 한자어' '한자어 + 고유어'일 때만 적용된다. '한자어 + 한자어'에는 쓰지 않는다. [화뼝], [대까]라 발음해도 '화병(火病)' '대가(代價)'라고 쓴다. 다만, 다음 단어는 한자어인데도 예외. '곳간, 셋방, 숫자, 찻간, 툇간, 횟수'. 이유도 없다. 그냥 외워야 한다. 게다가 해당 조항을 '두 음절로 된 한자어'라 한 게 더 문제다. '세음절'이면 적용이 안 된다. 그래서 '전세방'은 'ㅅ'을 못 쓴다. '전셋집'은 '집'이 고유어라 사이시옷! 모아놓으면, '셋방, 전세방, 전셋집, 사글셋방, 월세방, 월셋집'(아, 헷갈려).

다른 규정과 섞어보자. 수컷을 이르는 접두사는 '수-'이다. '수나사, 수놈, 수소'라고 써야 한다. '숫나사, 숫놈, 숫소'라 쓰면 틀린 것이다. 다만, 다음 세 단어는 '숫-'으로 한다. '숫양, 숫염소, 숫쥐'. 역시 이유는 없다. 그냥 외우라. 이 세 동물만 '숫-'을 쓰고, 다음 단어들은 발음 불문하고 '수-'를 쓴다. '수여우, 수지네, 수제비'(와우!). 사이시옷 설명을 하면 학생중 열에 아홉은 잠이 든다.

법은 단순할수록 좋다. '위험한 일을 시키면 처벌한다. 다만, 50인 미만 3년 유예, 다만, 5인 미만 사업장은 제외, 다만 공무원은 제외.' 중대재해처벌법을 누더기로 만든 더불어민주당은 사회를 안전하게 바꿀 기회를 '다만'으로 걷어찼다.

말끝이 당신이다

백신과 책 읽기

나는 천성이 맑고 선하며 예의가 바르다(=맹탕이고 비겁하며 남들 눈치를 본다). 여간해서는 어른들 말씀에 토를 달지 않는다. 맞는 말에도 허허, 틀린 말에도 예예.

마을 일로 마을회관에 갔더니 동네 원로 몇 분이 와 계셨다. 모임 시작 전에 한 분이 백신 얘기를 꺼냈다. 아스트라제네카가 백신 중에서 제일 '싸구려'인데, 그걸 왜 우리보고 맞으라고 하냐는 것이다. 20만 원짜리도 있는데 이건 꼴랑 4000원이라며. 조용하던 마을회관이 노인 차별 규탄의 장으로 바뀌었다. '늙은이들은 싼 거나 맞으라는 거냐?' 카톡에서 얻은 정보다. 백신 가격과 백신 효과는 관계가 없다거나 이윤을 남기지 않고 공급하려는 정책 때문이라거나 유럽 각국의 총리도 다 이 백신을 맞았다는 얘기는… 안 꺼냈다.

한국의 디지털 정보 문해력이 경제협력개발기구(OECD) 회원국 중에서 바닥권이라는 피사(PISA)의 발표가 있었다. 보고서에서 내 눈길을 사로잡은 내용은 학생이 읽어야 하는 글의 길이였다. 핀란드, 덴마크, 캐나다 등 상위 국가는 100쪽이 넘는 글이 전체 글의 70~75%를 차지한다. 한국은 10%에도 못 미쳤다. 76개국 중 67위다. 긴 글을 읽는 행위와 문해력은 상관관계가 높다. 또한 디지털보다 종이책으로 읽고, (시험이나 강제가 아닌) '즐거움'을 위해 읽어야 문해력이 길러진단다.

　방법은 많지 않다. 문해력을 기르려는 공동 노력뿐이다. 나도 마을 어른들과 책 읽기를 시작해볼까 한다. 맹탕처럼 보이는 처방이지만, 가짜 정보와 사특한 논리를 가려내어 남녀노소, 빈자와 부자가 어울려 사는 마을을 위해서는 꼭 필요한 일이다.

말끝이 당신이다

비계획적 방출

말은 현실을 왜곡하고 행동을 미화한다. 이른바 전문가들은 예측 못 한 일도 짐짓 예측한 듯이 태연하게 자신의 개념 안으로 그 사태를 욱여넣는다.

월성 원자력발전소에서 예상치 않은 방사성 물질이 누출된 적이 있다. 이걸 전문가들은 '비계획적 방출(Unplanned Release)'이라고 부른다고 한다. '비계획적 방출'은 '계획적 방출'이란 말에서 엉겁결에 나온 말이다. '계획적 방출'은 방사성 물질을 법적 범위 내에서 외부로 내보내는 것이다. 정해진 배출 경로로 해야 하며, 주기적인 감시를 받아야 한다. '비계획적'이란 말은 '정해진 배출 경로가 아닌 곳에서 얼마나 샜는지도 모른다'는 뜻이다.

'방출'에는 행위자의 의지가 담긴다. '누출'에는 의도성이 없다. 실수의 의미도 덧붙는다. '무단 방류'나 '무단 방출'은 있어도 '무단 누출'은 없다. 꽁꽁 동여맸는데도 바닥에 국물이 흥건하면 김칫국물의 '비계획적 방출'이 아니라 '누출'이다. 그런데도 이 말을 고집한다. 그들은 처음부터 '계획적 방출'과 '비계획적 방출'을 알았을까? 처음부터 알았다면, 예기치 못한 누출도 예측해서 대비해야 했다. '계획 없음에 대한 계획'이라고 해야 할까? 모순이다.

그래도 효과는 크다. 사람들의 걱정 근심을 덜어준다. 낮과 밤이 '하루'가 되고, 홀수와 짝수가 '정수'가 되고, 남자와 여자가 '인간'이 되듯, 대립적인 걸 하나로 합하면 마치 안정감 있는 완결체 하나가 존재한다고 생각한다. '계획적 방출'과 '비계획적 방출'을 대등하게 병치함으로써 이런 사태에 모종의 '인과적 필연성'이 있는 것처럼 인식하게 만든다. 게다가 자신들이 여전히 통제권을 상실하지 않은 것처럼 착각하게 만든다. 속지 말자. 제대로 된 이름은 '방사성 물질 누출 사고'다.

말끝이 당신이다

기억과 말

기억에는 '의미기억'과 '사건기억'이 있다. 의미기억은 '나무에는 뿌리가 있다'는 식으로 별 맥락 없이도 저장되는 일반 지식이다. 사건기억은 자신이 겪은 일에 대한 기억이다. 감각, 감정이 함께 저장된다. 싸리나무로 만든 칼로 친구와 놀던 모습, 이층 사다리에서 추락하면서 느낀 공기의 촉감 같은 것들이다. 기억은 언어를 넘어선다. 모든 감각과 감정이 동원된 것이라 톡 건들기만 하면 와르르 쏟아진다. 예고되거나 꾸준하지 않고 '불쑥' 떠오른다. 옥상에 널어놓은 담요를 안고 오다가 맡은 엄마의 등짝 냄새 같다.

'기억'을 말로 표현해보면 정확하게 복원되지 않는다. 서류처럼 펼치기만 하면 되는 게 아니다. 매번 지금 내 상황과 연결해 다시 경험하고 재구성한다. 타인의 증언으로도 쉽게 수정된다. 인과관계가 달라지고 평가와 의미도 변한다. 기억은 변한다. 그래서 불행하거나 불우한 기억마저 어떤 언어로 기억하느냐에 따라 성격이 달라진다. 결국 기억은 말을 넘어선 문제이기도 하고 말의 문제이기도 하다.

돌림병이 다시 알려주었지만, 우리는 이미 죽음을 앞뒤에 모시고 산다. 우리는 길 잃은 연약한 존재다. 죽음이 두려우니 죽음에 대한 의례가 가장 많다. 아기들도 산 것과 죽은 것을 구분하고 달리 대한다. 놀랍게도 인간은 죽음의 공포 앞에서 노래와 시와 그림과 춤을 만들어내도록 진화해왔다. 죽음은 개인이 당면해야 할 일이지만 개인에게 모든 걸 맡기지 않는 것, 죽음에 대해 말함으로 죽음을 뛰어넘는 것, 그게 연약한 인간의 본성이다. 약한 사람들이 할 일은 기억과 연대, 그리고 말하기다.

말끝이 당신이다

말끝이 당신이다

© 김진해, 2021

초판 1쇄 발행   2021년 8월 3일
초판 4쇄 발행   2023년 11월 22일

지은이   김진해
펴낸이   이상훈
편집1팀   김진주 이연재
마케팅   김한성 조재성 박신영 김효진 김애린 오민정
디자인   전용완

펴낸곳   (주)한겨레엔 www.hanibook.co.kr
등록   2006년 1월 4일 제313-2006-0003호
주소   서울시 마포구 창전로 70(신수동) 화수목빌딩 5층
전화   02-6383-1602~3
팩스   02-6383-1610
대표메일   book@hanien.co.kr

ISBN 979-11-6040-628-3 (03800)